I0563045

Schwule Liebesgeschichten aus aller Welt
Robert Joseph Greene

ICON EMPIRE PRESS
Toronto Vancouver New York London

The Gay Icon Classics Of The World
ISBN 978-1-9271242-0-8
Alle Rechte vorbehalten © 2011 von Robert
Joseph Greene

Aus dem Englischen von Julia Wittmann

Herausgegeben von
Icon Empire Press 552 Church Street
#75 Toronto, ON M4Y 2E3
KANADA.

HINWEIS

DANKSAGUNG

Ich möchte meinen Dank aussprechen an Camilla Greene, Thomas Greene, Kelli-Anne, Caleb Greene, Stanley Bennett Clay, Catherine Adamson (ein besonderes DANKESCHÖN!), Robert Windisman, Bonnie Yiu, Bobby Nijjar, Dan Mohan, John Weger, Tim Tewsley, Derek Hewlett, Dan Di Luigi, Colin Clode, Genevieve Iacovino, Alexander Hopkins, Ben Besler für das Korrekturlesen und Editieren und/oder moralische Unterstützung.

TITELBILD

„Der Heilige Franziskus in Ekstase", 1595 (Öl auf Leinwand), Caravaggio (1571-1610) / Das Wadsworth Atheneum Kunstmuseum, Hartford, Connecticut, USA

Inhaltsverzeichnis

Schwule Liebesgeschichten aus aller Welt

Einleitung

Tausende von Jahren entraubte das

Geschichtsgeschehen uns unserer

Identität. Schwule Männer mussten aus

Todesangst ihre Homosexualität geheim

halten. Viele der präsentierten

Geschichten sind entweder direkt von

den Ursprungskulturen beeinflusst oder

entstammen dem Hörensagen und

wurden zum besseren Verständnis in eine

vollständige Geschichte umgewandelt.

Ein perfektes Beispiel für das Umwandeln eines Gerüchts in eine Kurzgeschichte stammt aus meinen Studentenjahren. Während ich Sommerkurse an der UCLA besuchte, traf ich ein Mädchen aus der Elfenbeinküste. Als ich ihr erzählte, dass ich schwul bin, sagte sie, dass sie nie zuvor einen schwulen Mann getroffen hatte. Ich fragte sie, ob sie jemals von Schwulenliebe gehört hatte. Sie antwortete, dass sie einst von einer alten Stammeserzählung gehört hatte, die von zwei Jungen handelte, welche aus einem Dorf vertrieben wurden, weil sie sich in der Öffentlichkeit geküsst hatten. Diese

Geschichte hatte ihr ihre Großmutter erzählt, aber sie erinnerte sich nicht mehr an die Einzelheiten. Diese Information inspirierte mich zum Verfassen der Geschichte „Der beschmutzte Lendenschurz".

Ich interessiere mich besonders stark für Geschichten aus Kulturen, die homophobe Sichtweisen haben. Ich bin der Meinung, dass die Darstellung von schwulen Menschen in ihrer Kultur ihnen helfen wird zu erkennen, dass Liebe universell und nicht auf heterosexuelle Beziehungen beschränkt ist.

Die Geschichten, die ich ausgewählt habe

(es gab eine große Auswahl), legen den

Schwerpunkt mehr auf Liebe und

Verständnis als auf Lust. In einem

Interview mit „The Watermark"

(veröffentlicht in Zentralflorida) erklärte

ich, dass die meisten meiner Geschichten

Gleichnisse sind, die schwulen Männern

mehr Tiefe und Verständnis verleihen und

menschliche Beziehungen zwischen

Männern präsentieren, welche den Lesern

dabei helfen sollen, die spirituellen und

seelischen Aspekte der Liebe vor bloßem

Sex oder Lust zu sehen.

Ich bin ein wahrer Romantiker. Manchmal denke ich, dass schwule Männer Romantiker so betrachten, wie damals die Christen von den Römern behandelt wurden: uns wirft man den Löwen zum Fressen vor.

Als ich von Camp Rehoboth (einer gemeinnützigen Gemeindedienst-Organisation zur Gründung einer positiveren schwulen Umgebung in Rehoboth Beach, Delaware) und seinen zugehörigen Gemeinden geehrt wurde, wusste ich, dass dieses Buch lange überfällig war. Ihr monatlicher Newsletter veröffentlichte eine meiner Geschichten am Valentinstag. Ich wurde aufgrund meiner romantischen Schriftstücke in „Briefe aus Camp Rehoboth" vorgestellt. Sie ehrten mich, indem sie die eine unveröffentlichte Geschichte kauften, die mich wirklich berührte.

Es hat mich Jahre gekostet, all dies zusammenzutragen, aber ich präsentiere Ihnen nun mit Stolz die schwulen Liebesgeschichten aus aller Welt.

-Robert Joseph Greene

Die Reise und die Juwelen – Saudi-Arabien

Zuerst veröffentlicht in „Briefe aus Camp Rehoboth", Februar 2006

In den Tagen, als Europa ins frühe Mittelalter eintrat und die Welt im mittleren Osten erblühte, lebte ein junger arabischer Prinz namens Asfar. Prinz Asfar war ein glückliches Kind, das mit seinem jungen Diener Ahmed spielte. Als der junge Prinz älter wurde, wuchs auch seine Zuneigung zu selnem gehorsamen Diener. Die Menschen im Palast erkannten die Zuneigung zwischen dem jungen Diener und dem Prinzen. Schon bald empfanden die Verantwortlichen des

Palasts, dass diese Zuneigung zu weit ging.
Als der König von dieser verbotenen
Beziehung erfuhr, missbilligte er diese
alsbald, und Ahmed wurde lautlos aus
seinem Königreich vertrieben. Ahmed und
seine Familie mussten Arabien in einer
kalten, winterlichen Wüstennacht aus
Todesangst verlassen. Der junge Prinz
erfuhr weder von der eiligen Abreise seines
Dieners noch von seines Vaters Missfallen.

Der junge Prinz Asfar wurde schon bald zum
Mann. Mit zunehmendem Alter entwickelte
sich auch seine verbotene Zuneigung von
einem Verlangen nach seinem ehemaligen
Diener Ahmed zu Gefühlen für andere

Männer. Prinz Asfar behielt dieses

Geheimnis für sich, da die Gesetze des

Korans diese Art von Zuneigung verboten.

Des Prinzens Herz lag brach, denn es

sehnte sich nach Ahmed. Sein Vater

bereitete Asfar für den Thron vor, indem er

den jungen Prinzen mit gelehrten Dozenten,

Leibesübungen und Jagdunterricht

beschäftigte. Es geschah während einer

Jagdvorführung, dass der junge Prinz im

Alleingang die höchste Auszeichnung für das

mutige Einfangen einer wilden Schlange

gewann. Der König war überaus stolz auf

seinen Sohn und da er sah, wie er zu einer

so mutigen und schneidigen Persönlichkeit

heranwuchs, übergab er ihm ein Schloss.

„Mit diesem Schloss wirst du deinen Harem aufbauen", sagte der König. Der Prinz dankte seinem Vater und verbeugte sich tief zu Ehren des Königs, doch die Verbeugung diente auch zum Verbergen der Tränen, die über die Wangen des jungen Prinzen liefen. Der Prinz wusste, dass ein Harem sein leeres Herz nicht füllen konnte.

Eines Tages, als Prinz Asfar den Schmerz nicht länger ertragen konnte, vertraute sich der junge Prinz einem alten Lehrer an. Er erzählte ihm von seinem Verlangen nach Ahmed, dem Diener aus seiner Kindheit. Der alte Lehrer war weise und war in seinem

Leben weite Strecken gereist. Er hatte in seinem Leben etliche junge Prinzen und Prinzessinnen in vielen fernen Ländern unterrichtet. Er wusste, dass der junge Prinz von Liebe sprach, und er hatte zuvor bereits von dieser Liebe von einem anderen Prinzen in einem entfernten Königreich gehört. Der weise, alte Lehrer erzählte dem jungen Prinzen, dass Liebe keine Grenzen kennt und er von einem weiteren Prinzen wie Prinz Asfar wusste. Der weise, alte Lehrer sagte, dass der junge Prinz in einem anderen Königreich lebte, jenseits der großen Wüste, über den Berg hinüber und auf der anderen Seite des Meeres.

Prinz Asfars Verlangen nach diesem Prinzen war so groß, dass er geschwind all seine weltlichen Besitztümer mitsamt seines neu überreichten Palastes verkaufte, damit er Proviant für die lange Reise, die vor ihm lag, beschaffen konnte. Der Prinz kaufte außerdem drei der schönsten Juwelen in ganz Arabien: einen Smaragd, einen Diamanten und einen Rubin. „Mit diesen Juwelen werde ich dem fremden Prinzen meine Liebe schwören", sagte Prinz Asfar.

Der Prinz wollte sich einer Karawane anschließen, welche die lange Reise durch die Wüste geplant hatte. Sie brach von einer benachbarten Stadt auf, die nur eine

Tagesreise vom Palast entfernt lag. Prinz Asfar befand sich drei Stunden vor dem Erreichen der Karawane, als er auf eine Bäuerin traf, die voller Schmerzen im Sand lag. Die Bäuerin erkannte den arabischen Prinzen und bat ihn um Hilfe. „Helfen Sie mir, geehrter Prinz. Ich war Ihrem Vater und seinem Königreich stets treu ergeben." Der Prinz überlegte, ob er ihr in diesem Moment helfen oder jemanden aus der Stadt schicken sollte. Er wusste, dass er seine Karawane verpassen würde, wenn er ihr hülfe. Er wusste auch, dass es viele Stunden dauern würde, bis jemand aus der Stadt die alte Bäuerin erreichen würde, und sie in der

Zwischenzeit sterben könnte. Der Prinz war ein mitfühlender Mensch, und so stieg er schnell von seinem Kamel herab, um ihr zu helfen. Er trug sie zu einem Arzt am Rande der Stadt. Der Arzt war zu beschäftigt, um der leidenden Bäuerin zu helfen. „Lassen Sie sie sterben. Sie ist bloß eine Bäuerin und kann mich im Leben nicht bezahlen", sagte der beschäftigte Arzt. Der Prinz griff geschwind in seine Tasche und bot dem Arzt einen Rubin als Bezahlung an. Der Arzt nahm den Rubin begierig an sich und wandte sich der Bäuerin zu. Prinz Asfar blieb an ihrer Seite und verpasste seine Karawane. Er leistete ihr viele Tage lang

Gesellschaft, während sie sich erholte. Er vertraute ihr sogar seine großartigen Reisepläne an. Als sie wieder gesund war, erzählte sie dem Prinzen, dass sie einen besseren Weg durch die Wüste kannte, und teilte ihm in Anerkennung all seiner Taten ihr Wissen mit.

Nun erkannte der Prinz, dass das Antreffen der Bäuerin Glück gewesen war. Hätte er sich der Karawane angeschlossen, wäre er mit ihr in einem mächtigen Sandsturm verendet. Die Strecke, welche die alte Bäuerin Prinz Asfar empfohlen hatte, war weitaus schwieriger als sein ursprünglicher Weg, doch der Prinz reiste unermüdlich Tag und Nacht mit nur wenig Schlaf. Er beendete die heimtückische Reise durch die große Wüste, über den Berg und zur anderen Seites des Meers mit einer anderen Karawane innerhalb von drei Monaten.

Als er ungeduldig die großen Tore des fremden Königreichs durchschritt, traf er auf einen Wächter, der einen armen, jungen Knaben schlug und zu einem nahegelegenen Galgen zerrte. Prinz Asfar schaute den Knaben genau an und erkannte, dass es sich um seinen ehemaligen Diener Ahmed aus seiner Kindheit handelte. Der Prinz packte den Wächter und verlangte eine Erklärung für solch eine Bestrafung. Der Wächter sagte, dass Ahmed ein Dieb sei und hingerichtet werden sollte. Prinz Asfar wandte sich dem zitternden Beschuldigten zu und fragte, ob dies wahr sei. Ahmed sagte, dass die Anschuldigung nicht stimmte und erklärte, dass der Wächter bloß ein eifersüchtiger Liebhaber war. Als der Prinz in Ahmeds Augen blickte, wusste er, dass Ahmed die Wahrheit sagte. Der Prinz ordnete die Freilassung Ahmeds an, aber der Wächter weigerte sich. Also griff Prinz Asfar in seine Tasche und bot dem Wächter den Smaragd im Austausch für Ahmeds Freiheit an. Der Wächter nahm gierig den Smaragd und warf den armen Ahmed vor des Prinzen Füße.

Ahmed war so dankbar, dass er ein weiteres Mal sein Leben im Dienste des Prinzen gelobte.

Da der Prinz von seiner langen Reise erschöpft war, wurde er krank und brach zusammen. Er wäre ganz sicher gestorben, hätte sein treuer Diener Ahmed ihn nicht betreut und geheilt. Während er sich in Ahmeds Pflege befand, sprach Prinz Asfar mit Ahmed über ihre wundervolle gemeinsame Kindheit. Ahmed unterhielt den Prinzen häufig mit Witzen und Spielen, denn der Prinz war zu schwach, um auch nur das Bett zu verlassen.

Es vergingen einige Monate, bis Prinz Asfar stark genug war, um sich dem fremden Prinzen vorzustellen. Der fremde Prinz war weitaus schöner, als Prinz Asfar sich jemals hätte vorstellen können. Prinz Asfar erzählte dem fremden Prinzen von der Art seiner Reise. Der fremde Prinz war sehr eitel, und Asfars liebevolle Worte und sein Wunsch nach lebenslanger Gemeinschaft mit ihm stiegen ihm zu Kopf. „Ich heiße dich in meinen Armen willkommen", sagte der fremde Prinz, „denn du wirst der hundertste Mann in meinem Hof sein. Ich werde deine Liebe an jedem hundertsten Tag empfangen und jede hundertste Nacht mit dir schlafen."

Als Prinz Asfar solch Eitelkeit hörte, stürmte er flugs aus dem Palast und lag ein weiteres Mal an den Toren des fremden Königreichs und weinte. Bald eilte Ahmed an seine Seite, um ihn zu trösten. In diesem Moment wandte sich Prinz Asfar Ahmed zu, nahm ihn in seine Arme und sagte: „Dir, Ahmed, werde ich meine Liebe schwören, denn du hast mir gedient so wie ich dir dienen werde – auf Ewigkeit." Prinz Asfar griff sodann in seine Tasche und präsentierte Ahmed das letzte Juwel: den Diamanten.

Und auch Amor liebte – Römisches Reich

In Amors frühen Jahren, bevor ihm sein Schicksal auferlegt wurde, existierte "Begierde" noch nicht in der Welt. Sex und Intimität waren bloße Fortpflanzungsakte ohne jedwedes emotionales Vergnügen.

In seinen jugendlichen Jahren entwickelte sich Amor zu einem malerischen Abbild eines Gottes. Welch eine schöne Gestalt Amor war mit seinen perfekten weißen Federn und seinem straffen Körper. In der Tat verliebten sich viele der Götter und Göttinnen in ihn. Aber Amor war nicht an ihrer Liebe interessiert.

Ja, Amor seufzte, wenn er auf die Welt, die unter ihm lag, hinabblickte, denn er wusste, dass seine Liebesinteressen irgendwo dort unten waren. Er fragte sich oft, wonach er suchte, bis er eines Tages sein Schicksal entdeckte.

Amors Augen blickten auf einen jungen Burschen, der genauso trist war wie er selbst. Sein Name war „Begierde". Begierde war ein mittelloser Bauernjunge, der von einem reichen, skrupellosen Landbesitzer sorgfältig ausgewählt wurde. Er kaufte Begierde für ein paar Goldstücke seinen Bauerneltern ab, die verzweifelt Geld brauchten.

Wie Begierdes Schwestern um ihren Bruder weinten! Nun waren seine Tage mit angstvoller Knechtschaft unter dem herzlosen Mann, der ihn gekauft hatte, gefüllt. Eines Nachts, während alle schliefen, betete Begierde um die Erfüllung seines leeren Lebens zum Himmel. Begierdes schöne Gebete wurden von Amors Ohren empfangen, der zwischen den Sternen lag, und Amor hörte Begierdes tränenreiches Flehen.

Obwohl es den Göttern verboten war, wollte Amor so sehr neben diesem jungen Burschen liegen, dass er sich geschwind einen Plan ausdachte, sich als ein sterblicher Bräutigam in seiner

Hochzeitsnacht zu verkleiden.

Amor nahm seinen Mantel, durchtränkte ihn

mit Lavendel und Weihrauch, und brach auf,

um seine Liebe auf der Erde in Anspruch zu

nehmen. Amor erschien an Begierdes

Bettseite. Begierde, beruhigt durch den

süßen Duft von Amors Mantel, schloss seine

Augen und winkte den Fremden zu sich. Er

sah nie das Gesicht des Fremden.

Amor gab Begierde so viel Vergnügen, dass

es seine Seele in Flammen versetzte.

Begierde wurde jede Nacht von diesem

sanften, süß riechenden Gott besucht,

dessen Identität ihm nicht bekannt war.

Jeden Morgen vor Sonnenaufgang verließ
Amor die Bettseite seines Liebhabers, damit
er nicht von den anderen Sterblichen
gesehen wurde. Begierde fühlte sich sehr
lebendig und fragte seinen geheimen
Liebhaber, was diese erstaunliche Erfahrung
zwischen ihnen sei, worauf Amor antwortete:
„Es ist Liebe."

Begierde konnte dieses freudige Gefühl nicht
zurückhalten und teilte jeden Tag seine
Neuigkeiten mit jedem, den er traf. Als
Begierde jedoch nach dem Namen seines
Liebhabers gefragt wurde, konnte Begierde

darauf nicht antworten. Als Begierdes Schwestern von diesem Gefühl namens „Liebe" hörten, wurden sie schnell eifersüchtig auf ihren Bruder. Sie wollten wissen, wie dieser Geber der „Liebe" aussah.

Die Schwestern überredeten Begierde, seinen geheimnisvollen Besucher auszutricksen. In der folgenden Nacht, als Begierde Amor zu seinem Bett heranwinkte, bat er ihm Wein mit Sumachbeeren an, um seinen Liebhaber schläfrig zu stimmen. Als sie im Bett lagen, schlief Amor nach kurzer Zeit ein.

Als Begierde sich sicher war, dass Amor

schlief, zündete er eine Öllampe an, hob

Amors Mantel an und blickte auf die

wunderschöne Statur seines Liebhabers. Die

Lampe enthüllte die Gestalt eines

wunderschönen Gottes mit weicher,

durchscheinender Haut, zarten Lippen und

großen, weißen Flügeln. Unter seinen

Flügeln befanden sich ein Bogen und ein

Köcher mit goldenen Pfeilen.

Da Begierde neugierig auf seinen Liebhaber

war, griff er nach seinen Flügeln, doch er

wurde von den scharfen Pfeilspitzen verletzt.

Die Pfeile stachen Begierde, und er fing an

zu bluten. Begierde trat von den nun blutigen

Pfeilen zurück und warf dabei seine

Nachttischlampe um, wodurch das heiße Öl

auf die geflügelten Schultern seines

Liebhabers vergossen wurde. Amor

erwachte und schrie vor Schmerzen.

Amors Schmerzensschreie richteten die

Aufmerksamkeit aller Erdlinge auf ihn.

Obwohl er verletzt war, wehrte Amor die

nahende Menschenmasse ab, die sich

versammelt hatte, um ihn zu sehen.

Amor griff seine Pfeile zur Verteidigung und

schoss auf die Masse. Für die Menschen

hatten sich Schmerzen nie so erfüllend

angefühlt wie in dem Moment, als sie von

Amors Pfeilen durchbohrt wurden. Jedoch erlag keiner der von Amors Pfeilen Verletzten dem Tode; stattdessen wuchsen Gefühle von Liebe und Begierde im Herzen der Sterblichen.

Diese Interaktion zwischen Amor und Begierde war die erste Annäherung zwischen Göttern und Menschen.

Begierde und Amor wurden wegen Hintergehung von Sterblichen und Göttern vor Gericht gestellt. Als Bestrafung wurde Begierde gezwungen, bis in alle Ewigkeit mit Amor im Himmel zu leben. Begierde würde jedoch für immer und ewig ein Sterblicher bleiben. Amor soll seinen Kampf auf Erden

bis in alle Ewigkeit fortsetzen und seine

große Liebe, *Begierde*, Pfeil für Pfeil

hergeben.

Haakon aus Herzen – (Schweden)

Es war nicht seine Absicht gewesen, ihn zu
töten. Es ist eines dieser Ereignisse, die nur
wahren Romantikern geschehen. „Sie sollten
sich selbst die Schuld geben", dachte
Haakon, als er weinte. Haakon hatte noch
nie zuvor richtig geweint. Es war ein
wundervolles Gefühl.

Es begann alles mit einer einfachen Frage.
Haakon wollte wissen: „Was ist Liebe?"
Haakon wusste, dass der Prinz diese
Gefühle hatte, aber er verstand nicht, was

diese Gefühle waren. „Es ist ein Gefühl im Herzen", sagte der Prinz zu Haakon. „Es pulsiert in mir, wenn ich an dich denke, Haakon."

Haakon streckte seine Hand aus. „Zeig sie mir", sagte er. „Zeig mir Liebe."

Als der Prinz antwortete, dass er sie nicht auf diese Weise zeigen könnte, lachte Haakon und wurde nach dem Wissen solcher menschlichen Gefühle begierig. „Vielleicht finde ich sie in deinem Herzen." Haakon streckte seine Hand ein weiteres Mal dem Prinzen entgegen.

Konnten Romantiker so närrisch sein? Der

Prinz war so sehr verliebt und so verzweifelt,

weil er Haakon Liebe zeigen wollte, dass er

seine Brust aufriss und unter seinen

Brustkorb griff, um seine Lebensquelle

vorzuzeigen: sein Herz.

Haakon nahm das pulsierende, rote Objekt

mit äußerster Neugierde in seine Hände. Als

er sich vom Prinzen zum Licht hin

abwendete, fielen ihm die verschiedenen

Kammern auf, aus denen das Herz bestand.

Blut tropfte beständig von seinen Händen

auf den Boden herab, aber Haakon

bemerkte dies nicht. Oben auf dem Herzen waren rot geaderte Kammern mit einer gelblichen Krone. Haakon schnitt langsam hinein, um die nun leeren, blutlosen Kammern zu sehen. Er schnitt von Süden nach Norden und endete an der gelben Krone. Er schnitt weiter und spähte hinein.

Zu seiner Überraschung lag dort das kleinste, engelsgleiche Wesen mit Flügeln und einem Bogen ohne Pfeile. Das engelsgleiche Wesen war dem Tode nahe und blickte zu Haakon mit seinen kristallartigen Augen auf.

„Wo sind deine Pfeile? Hast du sie im Kampfe verloren? Ich sehe keine Narben", fragte Haakon. Und mit dem leisesten Flüstern – so leise, dass Haakon sich vorlehnen musste, um es zu hören – sagte der Engel: „Schau nach unten."

Haakon blickte auf den Boden unter ihm und dort, überall verstreut, lagen goldene, kleine Pfeile mit Gefühlen.

Haakon erkannte mit Entsetzen, wer dieser Engel war und was soeben geschehen war. Da die Pfeile Haakons kalte Seele nicht durchstechen konnten, um sein Herz zu erreichen, lagen sie auf dem Boden verstreut. Er wusste, dass dieser Engel in Wirklichkeit der Gott Amor war. Er schaute Amor an, doch Amor war nun tot.

„Oh, mein Prinz, siehst du das?", sagte Haakon, während er sich zu seinem verliebten Prinzen drehte, aber auch dieser war tot. Die närrische Seele wusste nicht, dass der Prinz nicht lange ohne sein Herz überleben konnte. Haakon sah sich um. Dort lagen Blutlachen, die goldenen Pfeile, die sein Herz nicht hatten durchstechen können, ein toter Gott und ein toter Prinz.

Als er die leblosen Körper betrachtete,

begannen Gefühle durch seine Adern zu

pulsieren und sein Herz schlug voller Trauer.

Von Reue überwältigt, fragte sich Haakon:

„Ist dies Liebe?"

Haakon wird es niemals erfahren.

Leider ist es so, dass in der Reue nur ein

Schimmer der Liebe existiert, nämlich

„Verlust". In diesem Schimmer wusste

Haakon jedoch, dass er etwas Wundervolles

verloren hatte — nicht von einem Herzen,

sondern von zweien.

Die weit entfernte, falsche Stimme – Ägypten

Zuerst veröffentlicht in „SBC Magazine",

WINTERAUSGABE 2001

Es war eine Reise, die – wie ich dachte –

niemals enden würde. Eine Reise ins

Heimatland meiner Mutter. Es war eine

heiße, endlose Reise in einer Karawane

entlang des Nils von der ägyptischen Stadt

Asyut ausgehend. Die Karawane machte

mehrere Pausen über Nacht. Die Lageplätze

waren ungemütlich, von Flöhen befallen,

schwach beleuchtet und das Essen war

grauenhaft. Nachts lag ich wach und fragte

mich, warum ich dort war. Die Reise diente

als Respektbezeugung für die Familie

meiner Mutter, denn ihr Vater – ein Mann,

den ich nicht gekannt hatte – war verstorben.

Ich war der einzige meiner 13 Geschwister,

der kommen konnte. Meine Mutter, eine

Hausfrau, erzählte mir, dass sie aus einem

Nomadenstamm von vornehmer

Abstammung war, der aus dem heutigen

südöstlichen Sudan und Westäthiopien

stammte.

Sie heiratete einen Ägypter, meinen Vater,

der zu dem Zeitpunkt Händler gewesen war.

Heute ist er Staatsmann, und mit solch einer

Stelle kommt Arroganz. Er nahm die westlichen Verhaltensweisen und das westliche Denken von den britischen Besetzern an. Es war einfacher für ihn, sich dem britischen Lebensstil anzupassen. Er war Christ. Er sah auf die Kultur meiner Mutter herab und verbot ihr, uns von ihrer Kultur zu erzählen. Seine Anmaßung überschattete sein Herz, denn er verbot meiner Mutter, die Beerdigung ihres eigenen Vaters zu besuchen.

Um ehrlich zu sein, hatte ich keinerlei Interesse zu gehen. Als ich jedoch meine Mutter zuletzt besucht hatte, überwältigten ihr Weinen und ihre Bitten, dass ihr Lieblingssohn gehen sollte, meinen Verstand und mein Desinteresse.

Ich erinnere mich daran, wie ich Mohammad sagte, dass ich gehen musste und dass es eine einmonatige Reise sein würde. Er erwiderte nichts. Drei Wochen vor meiner geplanten Abreise sagte ich es ihm erneut, aber er blieb immer noch stumm. Er war kein Mann vieler Worte, was mich verärgerte. Er stand wie jeden Abend aus dem Bett auf und ging ins Badezimmer. Er wusch sich in Vorbereitung fürs Gebet. Ich erinnere mich, wie das schwache Licht mich blendete und ich nur seinen Umriss im Badezimmer erkennen konnte. Es war mein Badezimmer. Schweigend wusch Mohammad sein Gesicht, seine Hände und Füße und kam zurück ins Schlafzimmer. Ich war wütend auf ihn. Ich zahlte die Miete. Muslime brachten stets ihre eigenen *sujada*—besondere Gebetsteppiche. Dieses Beten in meinem Schlafzimmer hatte mich schon immer gestört. Als er in derselben Richtung kniete— genau so wie er es jede Nacht in meinem Zimmer für die letzten 6 Monate, die wir zusammen gewesen waren, getan hatte — stütze ich mich auf einem Arm ab und beobachtete ihn vom Bett aus. Ich betrachtete seine Schönheit. Seine braune

Haut, die eine Art rötliche Nuance hatte.

Lippen so groß und schwarz, dass man

meinte, sie wären aufgemalt. Sein Kontrast

war bemerkenswert. Sein Haar in dicken,

schwarzen Locken. Er war, wie ich, eine

Mischung afrikanischer Farben, Kulturen und

Einflüsse. Ich möchte sagen, dass er auch

wie ich aussah, aber das wäre gelogen.

Als er sein Gebet beendet hatte, ging er

zurück ins Badezimmer und wusch sich

erneut. Er kehrte ins Bett zurück. Wir hatten

Sex. Als wir uns ausruhten, griff Mohammad

unters Bett und überreichte mir eine braune

Schriftrolle. Auf ihr waren 25 Gedichte von Tarafah ibn al-'Abd verfasst. Sie war mit einem einzelnen roten Band und einer Blume versehen, die im Knoten der Schleife befestigt war. Mohammad las mir Gedicht Nummer 6 und Gedicht Nummer 10 vor, während ich in Verwunderung da lag. Es war Gedicht Nummer 10, das mir ein Lächeln entlockte. Wir lachten gemeinsam. Das Gedicht war auf manche Weise wunderschön, obwohl es sich ein wenig über Wüstenmenschen lustig machte. Die Schriftrolle war ein Geschenk. Er hatte mir noch nie zuvor etwas geschenkt – nichts, das bestätigt hätte, dass ich mehr als ein

Freund war. Er sagte, dass das Geschenk für meine Reise gedacht war, aber ich wusste, dass es mehr bedeutete. Ich war erstaunt über meine Erkenntnis, dass Mohammad und ich in den letzten sechs Monaten Liebe gemacht und nicht bloß Sex gehabt hatten. In diesen letzten sechs Monaten sah Mohammad dies als sein Zuhause und mich als seinen Gefährten an. Ich wusste, dass dieses Geschenk vor allem bedeutete, dass er mich vermissen würde.

Ich erinnerte mich sehr gut an diese letzte Nacht mit Mohammad, als ich in meinem verflohten Zelt lag und mir wünschte, die

Reise würde enden. Ich war in meinem

dritten Lager. Diese Nacht schien lange her

zu sein. Mohammads Stimme war sanft und

süß, als er mir die Gedichte auf arabisch

vorlas. 25 Gedichte waren Seite an Seite auf

der ledernen Schriftrolle geschrieben. Es

muss ihn seinen letzten Groschen gekostet

haben. Jede Nacht schlief ich mit der

Schriftrolle in meinen Armen ein.

Mohammads Stimme war nichts als eine

entfernte Erinnerung, als die heiße Sonne

auf die mit Tüchern bedeckten Köpfe der

Reisenden in einem überfüllten Wagen

schien, der die Schotterstraße entlang des

Nils fuhr. Nutztiere folgten ihren Besitzern, die im Wagen dahinsiechten, während auf uns die heißen Sonnenstrahlen niederbrannten.

Als wir Nimoli erreichten (den heutigen südlichen Sudan), ritt ich mit einem Hirten, der mir ein zusätzliches Kamel bereitstellte, das mich zum Lager des Kasrashu Klans bringen würde.

Der Kasrashu Klan war ein Nomadenstamm, der während der Monsunzeit wanderte, um nach Nahrung und Weideland zu suchen. Dies war das Volk meiner Mutter. Sie waren einfache Menschen. Ein Stamm. Als ich ihr

Lager erreichte, bemerkte ich, dass sie mir

sehr ähnlich sahen. Es gab 76

Stammesmänner, Frauen und Kinder.

Außerdem waren 42 Kamele und 22 Ziegen

unter ihnen. Die Stammesmitglieder trugen

mehrere Schichten an Stofftüchern, die sie in

unterschiedlichsten Weisen einhüllten.

Sie waren mir freundlich gestimmt, bis ich sie

auf Arabisch ansprach. Ich erzählte ihnen,

dass ich der Sohn von Basamat war; Enkel

von Majdi. Niemand antwortete. Nach

einigen unangenehmen Sekunden stellte

sich eine einzige Stimme auf Arabisch als

Mansour vor. Er war der Bruder meines Großvaters. Ich fragte ihn, wieso er Arabisch sprechen konnte. Er erwiderte, dass man mit den Händlern in keiner anderen Sprache Tauschhandel treiben könne. Der Kasrashu Klan sprach bloß Dinka.

In dieser Nacht fanden eine Versammlung des Klans und eine Willkommensmahlzeit zu meinen Ehren statt. Der Kasrashu Klan zeigte mir seine Liebe. Sie behandelten mich wie einen fernen Verwandten, der seinen Weg nach Hause gefunden hatte.

Geschenke, Lieder, Essen und Getränke wurden mir von den älteren Frauen des

Klans präsentiert. Ihre liebevollen

Umarmungen, Gesichter und Düfte waren

denen meiner Mutter ähnlich. Ich vermisste

sie, aber konnte ihre Präsenz fühlen. Ich

fühlte mich während der Mahlzeit

entspannter.

Während der Festivitäten erweckte ein

junger Mann, dessen Augen schwarzen

Perlen glichen, meine Aufmerksamkeit. Der

junge Mann näherte sich mir mutig und

erzählte mir, dass er mein Cousin Kadaru

sei. Kadaru wies eine seltsame Ähnlichkeit

mit Mohammad auf – oder war es bloß

Einbildung?

Sein Lächeln und Interesse verrieten viel, als

er mich zum Nachtlager wegführte. Ich

schlief in seinem Zelt. Es war üblich, dass

die Tageskleidung nachts als Zudecke

benutzt wurde. Nomadenstämme waren

stets effizient, was dies anging. Kadaru

drehte sich zu mir, um mich zu umarmen. Er

roch scheußlich, doch mein einsamer Körper

hieß seine Annäherungsversuche

willkommen. All die Qual und Müdigkeit der

langen Reise wichen einem

leidenschaftlichen sexuellen Erlebnis, das

mich fast euphorisch stimmte. Als es vorbei

war, lagen Kadaru und ich Seite an Seite.

Ich streichelte seine Schulter und seinen

Arm. Er flüsterte in gebrochenem Arabisch, dass er mich liebte. Obwohl ich euphorisch und dankbar gegenüber Kadaru war, wusste ich, dass er die Bedeutsamkeit seiner Worte nicht verstand. Ich wechselte das Thema und fragte ihn, wo er Arabisch gelernt hatte. Er antwortete, dass er es von den Händlern aufgeschnappt hatte. Er gab zu, dass seine Sprachkenntnisse schlecht waren, aber dass er sie verbessern wollte. Ich wusste nicht, ob dies eine Anspielung an mich war. Als er meine Brust streicheln wollte, berührte seine Hand die Schriftrolle, die unter meiner Decke versteckt lag. Ich fühlte mich beschämt. Mein Kopf spielte mir Visionen von Mohammad vor. Kadaru öffnete die Schriftrolle. Er hielt bei Gedicht Nummer 10 inne und begann vorzulesen. Sein Lesen war bedürftig. Seine Stimme rau. Sein Lesen brach meinen euphorischen Bann. Seine Stimme, sein Tonfall und seine Flexionen stießen Dolche in mein Herz. Er war nicht Mohammad. Es verstörte mich. Es war nicht der Kontext des Gedichts; es war Kadaru, dieser Ort, sein Volk. Es war die falsche Stimme und ich war weit entfernt von allem, was mir behaglich war. Ich brauchte Mohammad.

Ich entriss das Buch seinen Händen, während er vorlas. Meine Abweisung beleidigte ihn. Kadaru schlug mich wuterfüllt und alsbald fand ich mich vor seinem Zelt vor, wo er mich mit all meinen Habseligkeiten bewarf. Ich sammelte ein, was möglich war, kleidete mich und lief davon – ohne ein Wort. Ich verabschiedete mich von niemandem. Es war Nacht, aber ich war mir sicher, dass ich in die richtige Richtung dem Nil entgegen lief. Ich war wütend. Ich wusste nicht warum, aber ich hasste die gesamte Menschheit. Ich hasste Nubien, Ägypten und alle Menschen, die ich bis dahin getroffen hatte.

Ich schwieg während der gesamten

Heimreise. Ich fand ein Binnenschiff und saß

zwischen der Fracht und steuerte nachts,

während der einzige Bootsmann schlief. Wie

auf der Hinreise schlief ich nur wenig. Ich

wusch mich nicht und aß nichts. Ich trank

bloß Wasser. Der Nahrungsmangel ließ mich

fantasieren. Bei meiner Ankunft am Hafen

von Asyut empfing mich niemand.

Mohammad musterte mich mit Entsetzen, als

er meine ungepflegte Erscheinung in der

Türschwelle unseres Eingangs entdeckte. Er

erkannte mich kaum wieder. Ich erzählte ihm

alles von meiner schrecklichen Reise. Trotz

meines Widerspruchs entkleidete er mich,

badete mich und brachte mich zu Bett,

nachdem er mir Suppe gereicht hatte.

Mohammad verließ das Zimmer mit der

schmutzigen Kleidung meiner Reise, als ich

ihm erzählte, dass ich Ägypten verlassen

wollte. Er kehrte mit der Schriftrolle in seinen

Händen zurück – der Schriftrolle, die er mir

geschenkt hatte. „Wohin würden wir

gehen?", wollte er wissen. Seine Antwort

und seine sanfte Stimme heiterten meine

Stimmung auf. Mir wurde bewusst, dass

Mohammad sich seit dem Moment, als ich

das Haus betrat, um mich gekümmert hatte.

Etwas, das er noch nie zuvor getan hatte.

Ich starrte ihn bewundernd an. Auf Arabisch

sagte ich: „Mohammad, ich liebe dich." Mit

diesen Worten fiel ich in Ohnmacht. Ich

fühlte, wie mein Körper aus Erschöpfung

zusammenbrach. Ich konnte mich glücklich

schätzen, dass ich bereits im Bett lag.

Mohammad legte sich neben mich, schnürte

das Band der Schriftrolle auf und las mir ein

Gedicht vor. Ironischerweise war es Gedicht

Nummer 10. Während er vorlas, sah ich die

Erinnerungen meines Cousins Kadaru vor

mir aufblitzen. Ich wandte mich Mohammads

Antlitz neben mir zu und seine Worte

entfernten sich langsam, als mich seine

sanfte Stimme in den dringend benötigten

Schlaf wog.

Banatus Lied und der beschmutze

Lendenschurz: Elfenbeinküste, Afrika

Zuerst veröffentlicht in „SBC Magazine",

Herbst 2000

Der Mukasa Stamm war in ganz Afrika als ein

kämpferischer Jagdstamm bekannt. Ihre

großen, maskulinen Körper überragten fast

jeden Mann in der östlichen Küstenregion. Die

Mukasa Jäger trugen feingewebte, weiße

Lendenschurze, um sich vom

Durchschnittsmann hervorzuheben. Diese

weißen Lendenschurze waren der ganze Stolz

der Jäger, denn ein exzellenter Jäger

beschmutzte seinen Lendenschurz niemals, nicht einmal bei der Jagd. Für den Mukasa Jäger war ein weißer Lendenschurz das Zeichen von Exzellenz. Im Alter von 15 Jahren wurden alle Mukasa Söhne einem strengen Männlichkeitstest unterzogen. Diejenigen, die bestanden, wurden ins Training aufgenommen, das für den Mukasa Jagdtrupp notwendig war, und beehrten somit die Familien der Jungen. Der Mukasa Jagdtrupp regierte den Stamm und versorgte jede Familie mit Nahrung und Unterkunft. Diejenigen Mukasa Männer, die keine Jäger waren, hatten den Auftrag, als Handlanger zu agieren oder, je nach Fähigkeit, besondere

Tätigkeiten zu übernehmen, welche den Bedürfnissen des Stammes dienten. Die Boten waren häufig die schnellsten aller Mukasa Männer und wurden als wichtig angesehen, denn sie übertrugen alle Nachrichten zwischen den umherziehenden Mukasa Jagdtrupps und dem Dorf. Boten durften jedoch nicht jagen.

In einem besonderen Jahr sollten 12 Mukasa Jungen um das Jagdtraining wetteifern. Einer der Jungen hieß Ofosu. Ofosu war ein attraktiver, junger Bursche mit zarter, reiner tiefschwarzer Haut und scharf umrissenen Zügen. Ofosu hatte zwei weitere Brüder, die ebenfalls am Wettkampf teilnahmen. Sie waren weitaus stärker und präziser mit ihren Werkzeugen als Ofosu, doch er war voller Zuversicht, dass er den Wettkampf gewinnen würde. Obwohl Ofosu und seine Brüder stark waren, wussten sie, dass keiner der wettstreitenden jungen Männer stärker und präziser mit seinem Speer war als Banatu.

Banatu stammte aus einer guten Familie von Mukasa Jägern und es wurde erwartet, dass jeder Mann dieser Familie ein ausgezeichneter Jäger sein würde. Alle Jungen gewannen den Wettstreit außer Ofosu.

Ofosu hatte sich darüber aufgeregt, dass er nicht kämpferisch genug war, um ein hoch angesehener Jäger zu werden. Dennoch war er auf das Wettrennen stolz, denn er hatte jeden überholt, sogar Banatu. Obwohl Ofosu keine Jagderlaubnis erhielt, wurde ihm vom Stammesführer der ehrenwerte Titel des Boten verliehen. Dies stimmte die anderen jungen Männer eifersüchtig, denn Ofosu durfte sogleich auf Jagdausflüge gehen, während die verbliebenen 11 Jungen zwangsweise dem Dorfe nahe bleiben mussten, um die Mukasa Jagdtechniken zu üben.

Schon bald hatte Ofosu sich zum Rang des Hauptboten für Langstreckenläufe hochgearbeitet. Dies war möglich, da er seine Kräfte mühelos einteilen konnte und noch genügend Atem hatte, um die Nachricht weiterzugeben, die er übermitteln sollte. Für seine Läufe wurde ein besonderes weißes Leinen gewebt, was Ofosu und seine Familie stolz machte. „Von dir wird das Gleiche erwartet wie von deinen Jagdkameraden, Ofosu", sagte der Stammesführer. „Du darfst dein Leinen niemals beschmutzen, während du läufst."

Ofosu hatte eine geheime Methode, wie er seine Kraft für lange Strecken einteilte und seine Nachricht behielt. Er wandelte die Nachricht ganz einfach in ein Lied um und sang es laut mit jedem Atemzug. Er tat dies mit Leichtigkeit, während er lief. Es schien die Zeit zu vertreiben. Eines Tages, als Banatu einen Hasen in einem Feld nahe des Dorfes jagte, hörte er die süßen Klänge einer wunderschönen Stimme, die sich aus der Ferne näherte. Er kniete sich nieder, um zu sehen, wer solch einen entzückenden Klang von sich geben könnte – ein Klang, der sein Herz auf eine gewisse Art berührte. Als ihn der singende Läufer passierte, war Banatu überrascht zu sehen, dass es sich um Ofosu handelte.

Ofosu erreichte das Dorf, ohne zu bemerken, dass Banatu seinen Gesang gehört hatte. Er übermittelte die Nachricht einer großen Jagdbeute südlich des Dorfes und dass ein Festmahl aus Wasserbüffel innerhalb von zwei Tagen jedes Haus bereichern würde. Nachdem er die Nachricht überbracht hatte, ruhte sich Ofosu kurz aus und trank ein wenig Wasser, bevor er pflichtbewusst umkehrte und sich auf den Rückweg machte, um Anschluss an den Jagdtrupp zu finden. Banatu bemerkte, dass Ofosu beim Verlassen des Dorfes keinen wunderschönen Gesang ertönen ließ.

Bei seinem nächsten Botenlauf ins Dorf wurde Ofosu in Sichtweite des Dorfes von Banatu angehalten. Dies verblüffte Ofosu, da ihm nicht bewusst war, dass andere seinen Gesang vernehmen konnten, vor allem der mächtige Banatu. Ofosu hatte das Gefühl, dass die Leute es albern finden würden. Er schaute beschämt und verlegen zu Boden.

Banatu bat ihn, seinen Gesang fortzusetzen. Ofosu hielt es für eine törichte Bitte, aber sang die Nachricht dennoch aus Angst, dass Banatu ihm in irgendeiner Weise Schaden zufügen könnte. Mit allem Mut, den Ofosu auftreiben konnte, tat er ihm diesen Gefallen und schaute direkt in Banatus Augen. Ofosu nahm einen seltsamen Blick in Banatus Augen wahr, als er sang. Als Ofosu seinen Gesang beendet hatte, ließ ihn Banatu ins Dorf laufen. Im Dorf angekommen, erledigte Ofosu seine Aufgaben und ruhte sich aus. Als er zum Jagdtrupp zurückkehrte, wurde Ofosu ein weiteres Mal von Banatu angehalten, aber anstatt ein Lied zu verlangen, sang Banatu (ziemlich dürftig) ein Liebeslied, das nur für Ofosus Ohren gedacht war. Ofosu verspürte ein herziges Gefühl, doch rannte ohne ein Wort zu sagen davon. Banatus Herz sehnte sich nach Ofosus Antwort. Er hielt sein Handeln für närrisch und wurde von den Gefühlen, die er für Ofosu hatte, gequält. Ofosu kehrte ein drittes Mal zum Dorf zurück und sah bei seiner Abreise, wie sich Banatu im Gebüsch versteckte und ihn anstarrte. Anstatt anzuhalten, lächelte Ofosu und lief weiter, alldieweil das Lied singend, das Banatu ihm zuvor vorgetragen hatte. Ofosus Gesang war weitaus schöner als Banatus, daher machte er das Lied noch ansprechender für jeden, der es hörte. Dies erfüllte Banatus Herzen mit Freude.

Als der Mukasa Jagdtrupp mit seinem

preisgekrönten Fang ins Dorf heimkehrte, rannte Ofosu voraus, in der Hoffnung, Banatu zu sehen.

Alldieweil sang Ofosu nicht seine übliche Nachricht für die Dorfbewohner, sondern Banatus Liebeslied. Jedoch war er dieses Mal überrascht, als er von allen Dorfjungen, die in Ausbildung waren, angehalten wurde. Sie machten sich über seinen Gesang lustig und verspotteten ihn mit gemeinen Worten. Unter ihnen war Banatu, doch er sagte nichts. Sie verlangten zu erfahren, für wen dieses Lied gedacht war, aber Ofosu antwortete nicht. Ofosus Schweigen verärgerte die jungen Männer und so überfielen sie ihn und zogen ihn in den Schlamm. Banatu schaute in Entsetzen zu, obwohl er die Rauferei hätte beenden können, da er deutlich stärker als die anderen Jungen war. Doch die Angst, dass sie herausfinden könnten, dass das Lied für ihn war, überwog sein Verlangen, Ofosu zu retten. Während der Rauferei wurde Ofosus Lendenschurz beschmutzt. Es gelang Ofosu, zu entkommen, aber er erreichte das Dorf genau dann, als die Jäger zurückkehrten. Er konnte sich nicht rechtzeitig reinigen. Der Führer verlangte eine Erklärung für seine Beschmutzung, aber Ofosu schaute beschämt zu Boden und schwieg. Ofosu wurde unverzüglich zu den Jagdführern gebracht und für die Entehrung seiner Familie sowie der Gemeinde durch die Beschmutzung seines Lendenschurzes bestraft. Als Bestrafung sollte Ofosu 100 Schläge erhalten. Der gesamte Stamm versammelte sich in einem Kreis in der Dorfmitte, um die Prügel zu beobachten. Ofosu wurde ohne seinen Lendenschurz vor sie gestellt, völlig nackt. Ofosus Scham und Demütigung zeigten sich in seinem Gesicht, aber auch im Gesicht eines Anderen. Der Stammesführer betrat den Kreis mit einem *Pago*-Stock zum Schlagen. Ofosu lehnte sich vor, um seine Bestrafung zu erhalten, doch ein Aufschrei aus der Menge überraschte den Stamm. Es war Banatu, der sich vor den Anführer stellte. Banatu sagte, dass Ofosus beschmutzter Lendenschurz seine Schuld war, aber führte seine Erklärung nicht weiter aus. Danach meinte er, dass er die Schläge verdient hätte, nicht Ofosu. Der Stammesführer war sehr überrascht von der Wendung der Ereignisse, aber erklärte sich mit Banatus Bitte einverstanden. Banatu schob Ofosu sanft aus der Schusslinie und brachte ihn zurück in die Menge. Dann entfernte er seinen Lendenschurz und wickelte ihn behutsam um Ofosu, bevor er zur Mitte zurückkehrte, wo der Stammesführer begann, seine Schläge auszuteilen.

Banatu zuckte während der Prügel kein

einziges Mal zusammen, alldieweil das Liebeslied für Ofosu singend. Die Menschenmenge war über dieses Liebesgeständnis erstaunt. Ofosu schaute verwirrt drein. Als der hundertste Schlag auf Banatus blutigen Hintern ausgeteilt wurde, stand er auf, lief zu Ofosu und nahm in bei der Hand. Gemeinsam verließen sie das Dorf, ohne jemals zurückzukehren.

Diese Geschichte wurde vielen Generationen des Mukasa Stammes überliefert. Jedes Mal, wenn starke Winde wehen, sagen die Mukasa Menschen, dass dies Ofosu sei, der zu seinem Gefährten läuft. Wenn man genau hinhört, kann man vielleicht sogar ihr

Liebeslied hören.

Die fünf Verbeugungen von Shakespeares

Lehrling – Vereinigtes Königreich

Einst lebte ein junger Landarbeiter namens
Graham. Graham war ein feiner junger Mann,
und obgleich arm, lag sein Reichtum in
seinem kreativen Geist und freudigen
Handeln. Man konnte auch sagen, dass
Graham mit der richtigen Bildung ein fescher
Kerl werden könnte. Doch Graham war bloß
Graham, der Landarbeiter. Er war klein und
ein wenig krummbeinig, wodurch er beim
Gehen schwankte. Sein Kopf war recht
schmal und von dichtem, buschigem,

schwarzem Haar bedeckt, das von seinem Haupt herabfiel. Tag für Tag trug Graham dieselbe zerlumpte Sackleinenhose und ein altes, dreckiges Hemd, das in der Mitte von einer Kordel zusammengehalten wurde.

Jeden Tag vor Sonnenaufgang machten sich Graham und die anderen Erntearbeiter mit ihren Sicheln und Bindestricken auf den langen Weg in die Felder. Außerdem trugen sie ihr tägliches Mittagessen, das entweder aus einem Apfel oder einer gekochten Kartoffel bestand. Mit graziösen Wiederholungen ernteten sie bis zur Abenddämmerung Scheffel über Scheffel des schimmernden Getreides. Danach kehrten sie zur Abendmahlzeit nach Hause zurück. Die Arbeit war lang und ermüdend in den heißen Sommertagen. Um die Zeit während des Arbeitens zu vertreiben, führte Graham humorvolle Szenen vor, die oft auf dem Drama des wirklichen Lebens der Knechte und Arbeiter im Hof basierte. Alle Szenen enthielten junge Mägde, die er mit verblüffender Ähnlichkeit spielte. Seine Lieblingserzählung war die der begrabschten Magd: die Geschichte handelte von einem Landarbeiter, der aufgrund gekonnter Liebesworte die ein oder andere Hand unter das Kleid der Magd schieben konnte. Graham mochte diese Geschichte, da er die Imitation der Frauenstimme zur Perfektion geübt hatte. Als er den betäubenden Schrei der begrabschten Magd vorspielte, kugelten sich die anderen Erntearbeiter vor Lachen auf dem Boden. Als er den Sketch beendet hatte, wollten die Landarbeiter eine Zugabe sehen, doch Graham verbeugte sich lediglich fünfmal und setzte seine Feldarbeit fort.

Eines Morgens, als er seine Lieblingsgeschichte erzählte, erweckte Grahams weiblicher Schrei die Aufmerksamkeit des Gutsherrn der Farm, welcher voller Missfallen finster dreinblickte, denn er hatte bemerkt, dass die anderen Arbeiter lachten, anstatt zu arbeiten. Der Gutsherr stellte außerdem fest, dass sich die Landarbeiter in der Ferne verrenkten, um Grahams Geschichte zu hören, wodurch ihr Arbeitsfortschritt noch weiter verlangsamt wurde. Mit dem Plan, ein Beispiel für die anderen zu setzen, näherte sich der Gutsherr Graham leise mit einer Peitsche in der Hand. Als Graham im Begriff war, eine weitere Szene vorzuführen, hob der Gutsherr langsam seine Peitsche an und verharrte, bevor er zuschlug. Die anderen Arbeiter sahen den Gutsherrn heranrücken und machten sich geschwind an die Landarbeit, mit Ausnahme von Graham. Er war so sehr auf seine Vorstellung fixiert, dass er den Knall der Peitsche, die mit großer Wucht auf ihn preschte, nicht vernahm. Er fühlte den brennenden Schmerz auf seinem Rücken. Der Schlag war so heftig, dass er Graham in einen nahegelegenen Scheffel warf, sein Hemd zerriss und seine Sichel samt Bindestrick entzwei brach. „Verdamm' dich, hinweg mit dir!", brüllte der Gutsherr der Farm, als er seine Peitsche für einen weiteren Schlag anhob. Mit Tränen des Schams und der Verlegenheit hinkte Graham in Angst davon. Als er weit genug entfernt und außer Atem war, hielt er an. Der Schmerz in seinem

Rücken veranlasste Graham, die wunde Stelle zu reiben. Als er seine Hand zurückzog, sah er, dass er blutete. Von diesem Anblick verärgert schwor Graham, dass er nie wieder zu diesem oder irgendeinem anderen Feld zurückkehren würde. Graham ging zum nahegelegenen Fluss Avon, um seine Wunde im kalten Wasser zu kühlen. Er schöpfte das Flusswasser mit seinen hohlen Handflächen und ließ es sein Rückgrat heruntertröpfeln. Das Wasser beruhigte seinen pochenden Rücken.

Graham folgte dem kurvigen Flussverlauf bis zum Sonnenuntergang, als er die Stadt

Stratford erreichte. Man schrieb das Jahr 1583, und Stratford war eine belebte Stadt voller Handwerker, Gilden und Kaufleute aller Art. Der Avon bot Stratford gute Erreichbarkeit und einfachen Transport von Waren nach London — Reichtümer, geschäftliche Unterfangen und Agrarhandel.

Müde und hungrig vom großen Schrecken und der langen Reise suchte Graham nach einer Unterkunft. Nicht weit von Grahams Standpunkt entdeckte er eine örtliche Herberge. Die Herberge sah nach Grahams begrenztem Wissen typisch aus. Es war ein einfacher weißer Gipsbau mit Reetdach, zwei

Etagen und kleinen Fenstern mit Holzrahmen. An der Seite befanden sich Ställe und eine Speisekammer. Graham zog in Erwägung, den Müllberg neben der Tür der Speisekammer nach weggeworfenen Bissen oder Knochenresten zu durchsuchen, um seinen ausgehungerten Körper zu stärken. Er kletterte leise auf den Müllhaufen auf der Suche nach Nahrung. Als er den Haufen nach Resten durchwühlte, vernahm er Schritte. Graham duckte sich in angstvoller Erwartung einer gusseisernen Pfanne, die schmerzhaft auf seinen Rücken schmetterte. Als weder Schmerz noch Pfanne erschienen, blickte Graham langsam in das lustigste Gesicht, das er jemals gesehen hatte, hoch. Das Gesicht war kreisrund mit dicken Pausbacken. Es war bleich mit einer großen, dicken, rot geaderten Nase. Das Gesicht sah Graham neugierig an, doch der Blick der Verwunderung wurde zu einem Lächeln. Ein Lächeln, das sich über beide Ohren erstreckte. Graham fand, dass ihn dieses Gesicht an den Mond erinnerte. Das Gesicht gehörte dem sanftmütigen Gastwirt.

„Ich fürchte, es ist nicht mehr viel übrig", sagte der Gastwirt. Immer noch müde und in Schmerzen stand Graham langsam auf und kletterte aus dem dreckigen Abfall. Der

Gastwirt hatte Mitleid mit dem armen Graham und lief schnell in seine Speisekammer zurück, um frische Reste für den Fremden zu holen. Graham war so dankbar, dass er sofort einen seiner Magd-Sketche vorführte. Der Gastwirt fand es amüsant, dass Graham sich so aufführte. Als Graham seine Darbietung beendete, fing der Gastwirt an zu lachen. Das Gelächter war kein gewöhnliches Lachen, sondern eher ein brüllendes Lachen, das Graham noch nie zuvor gehört hatte. Es war so mitreißend, dass Graham nicht anders konnte, als ebenfalls zu lachen. „Zeig dem alten Mann eine Kostprobe deines Talents, junges Mädel, während ich meinen Teig knete", sagte der Gastwirt. Er fügte gelassen hinzu, dass er eine ordentliche Mahlzeit für eine ordentliche Vorstellung bereitstellen würde. Graham folgte dem Gastwirt in die Speisekammer, die sich auf der Rückseite der Herberge befand. Als der Gastwirt vorsichtig den Teig auf dem mit Mehl bestäubten Tisch der Speiskammer ausrollte, fiel Graham sogleich in die Rolle der begrabschten Magd, zunächst mit wenig Energie, doch er fand seine Kräfte im Laufe der Darbietung wieder. Die ganze Zeit lächelnd, schaute der Gastwirt aufmerksam zu, während er den Teig rollte. Er war so bezaubert von Grahams Theaterszene, dass er aufhörte zu arbeiten.

Als Graham den schrillen Schrei der Magd ausstieß, versetzte dies den fröhlichen Gastwirt in einen weiteren Anfall von brüllendem Gelächter. Graham beendete seine Darbietung und lachte mit ihm. Die Freude, die der Gastwirt durch Grahams Darstellung der Magd empfand, ließ Graham seine Sorgen und seine müden, schmerzenden Knochen vergessen. Grahams Schauspiel erweckte schon bald die Aufmerksamkeit einiger Passanten, die an der Tür der Speisekammer innehielten, sowie anderer Leute, die sich im Zimmer der Herberge versammelt hatten. Als sich die Geschichte entwickelte und zum Höhepunkt kam, bereitete Graham das laute Gelächter aus allen Ecken kribbelndes Vergnügen. Graham verbeugte sich fünfmal und bedankte sich bei ihnen. Als die Menge applaudierte, servierte der Gastwirt Graham etwas Brot, eine Scheibe Schinken und ein Bier. Graham verbeugte sich in Dankbarkeit erneut fünfmal, dann verschlang er die Mahlzeit so gierig wie ein Löwe seine Beute. Der Gastwirt bat um eine weitere Vorstellung. Die Zeit schritt fort und die Sonne war längst hinter dem Wald verschwunden. Draußen herrschte Dunkelheit, doch dies blieb dem Gastwirt und dem unterhaltsamen Graham unbemerkt. Der Gastwirt nahm schließlich seine Arbeit wieder auf, um die Abendmahlzeit für seine Gäste vorzubereiten, alldieweil Grahams Vorstellung beobachtend.

Als der Gastwirt seine Arbeit für den Abend erledigt hatte, lud er Graham ein, dort die Nacht zu verbringen – kostenlos. „Meine schöne Magd – Hol dir Stroh aus dem Stall und ich werde mich darum kümmern, dass du sicher am Herd schlafen kannst", sagte der Gastwirt. Graham, stets in seiner Rolle, verbeugte sich erneut fünfmal und tat dies bereitwillig. Er kehrte zurück und sah, dass der Gastwirt einige Säcke als Decke bereitgelegt hatte. Graham fiel sogleich in einen tiefen Schlaf. Am nächsten Morgen erwachte Graham zum süßen, warmen Duft von backenden Broten und Pasteten und wieder zu dem fröhlichen, dicken und runden Gesicht, das über den Herd lehnte. Graham konnte über solch einen willkommenen Anblick nur lächeln. „Möchtest du ein Stück Brot und Bräu... meine kleine Magd?", fragte der Gastwirt, während er wieder sein brüllendes Gelächter von sich gab. „Ich habe keinen Pfennig übrig", antwortete Graham. Der Gastwirt legte ohne ein Wort zu sagen zwei Semmeln und Bräu vor Graham. Es war früher Morgen und als er aß, beobachtete er, wie der Gastwirt zum Vorderzimmer lief und sich um die schmutzigen Tische kümmerte, bevor die ersten Gäste aufwachten. Er stellte fest, dass der Gastwirt ein harter Arbeiter war.

Graham verschlang eilig die köstliche Mahlzeit. Er stellte sich vor den Gastwirt, verbeugte sich fünfmal und begann anschließend, ihm bei seinen morgendlichen Aufgaben zu helfen. „Leiste mir in der Speisekammer Gesellschaft im Austausch für deine Unterkunft und kümmere dich um die Aufgaben der Herberge im Austausch für deine Mahlzeiten", sagte der Gastwirt ohne Graham anzuschauen, stattdessen fixierte er seine Augen auf seine Tätigkeit. Als er dies sagte, errötete sein Gesicht — nicht vor Verlegenheit, sondern vor Hoffnung. Graham, eine stolze Dirne, antwortete, dass diese Vorführung nur von temporärer Natur sei, denn ihn erwartete sein Schicksal.

Die Abmachung funktionierte gut und die Tage vergingen ruhig. Graham hörte den Frauen zu, wie sie von „Geliebte hier" und „Frau da" schwätzten. Aus diesen Erzählungen sammelte er Material für seine abendliche Vorstellung in der Speisekammer. Graham mochte nur in weibliche Rollen schlüpfen. Es schien, dass Graham in sich die Stimmen vieler verschiedener Frauen fand. Als Graham sich zunehmend über die Charaktertiefe, Akzente und Haltungen von Frauen bewusst wurde, schien jeder neue Sketch lustiger als der vorige zu sein. Bei jedem Finale seines Ein-Mann-Publikums gab das brüllende Gelächter des Gastwirtes Graham nur noch mehr Antrieb in seinem Streben nach dem Theater. Die beiden genossen die Gesellschaft des anderen, Tag und Nacht. Graham zog den Gastwirt auf, indem er vorgab, seine Frau zu sein. Jede Nacht, nachdem Graham seinen letzten Sketch beendet hatte, verbeugte er sich fünfmal, während der Gastwirt um Zugabe bat. Der Gastwirt wusste, dass Grahams fünf Verbeugungen bedeuteten, dass er für die Nacht Schluss gemacht hatte und schlafen gehen wollte. Ihre privaten Zusammentreffen wurden nur unterbrochen, wenn entweder der Wirt oder Graham den Gästen der Herberge die Abendmahlzeiten servierte.

Eines Morgens wachte Graham auf und fand eine Waschschüssel und frische Kleidung neben sich vor. Graham fragte den Gastwirt danach. „Meine schöne Magd trägt keine Lumpen", antwortete der Wirt. Daraufhin stieß er einen seiner berühmten Lacher aus, der Graham solch ein gutes, warmes Gefühl im Innern verlieh, dass er selbst loslachen musste. Graham wusch seinen Körper rasch, denn das hatte er dringend nötig, und lief mit seiner neuen Kleidung zum Vorderhaus, um sich den morgendlichen Aufgaben zuzuwenden. Die Abmachung zog sich über den gesamten Winter. Eines schönen Frühlingsabends führte Graham eine weitere seiner abendlichen Darbietungen in der Speisekammer vor, als ihn zufällig ein recht kleiner, schwerfälliger, alter Mann hörte. Der Mann stellte sich Graham vor und sagte, dass er Collins sei – ein Mime, der im alten Rose Theater von Stratford arbeitete. Collins meinte, dass sie Talente wie ihn benötigten. Dieses Angebot ließ Graham vor Begeisterung strahlen. Collins lud Graham ein vorbeizukommen, ihren großartigen

Bühnenschriftsteller W.S. kennenzulernen und vorzusprechen. Graham folgte dem alten Mann so schnell, dass er sich noch nicht einmal vom Gastwirt verabschiedete. Grahams Vorsprechen vor W.S. war umwerfend. Als ihm jedoch ein Rollenheft überreicht wurde, konnte Graham die Bühnensprache nicht lesen, geschweige denn verstehen. Da W.S. dieses rohe Naturtalent nicht verlieren wollte, entschied er sich, Graham als Laufburschenlehrling in seiner reisenden Theatertruppe anzustellen, unter der Leitung vom schwerfälligen, alten Collins. Graham kletterte in kurzer Zeit die Karriereleiter hoch und unterhielt Publikum in ganz England. Die professionelle Schauspielerei war zunächst gewöhnungsbedürftig, denn Graham war die Schminke und Kleider für seine weiblichen Rollen nicht gewöhnt. Binnen kurzem meisterte Graham das Balancieren der schweren Perücken mit Grazie und Gelassenheit, während er hochhackige Schuhe trug. Schon bald besuchten Bewunderer, Theaterkollegen und Adlige von überall Grahams Vorführungen. Lauter Applaus überflutete jedes seiner Finale. Graham beendete seine Darbietung stets mit fünf höfischen Verbeugungen. All das Flair und der Ruhm des Theaters zogen Graham an, doch etwas fehlte. Nach seiner Vorführung und dem Applaus fühlte sich Graham trist.

Die Theatergruppe wuchs und verlegte ihren Heimatstandort nach London. Es vergingen beinahe zwei Jahrzehnte, bis Graham unwissentlich in die Stadt zurückkehrte, wo alles begonnen hatte. Der Theatertrupp hielt in der örtlichen Herberge Rast, bevor er im Rose Theater spielen sollte. Als er eintrat, verspürte Graham eine Wärme und ein Wohlbehagen, das aus einer unbekannten Quelle zurückzukehren schien. Sie wurden von einer stoischen, alten Frau mit nackten Füßen, angefressenen Haaren und einer schmutzigen, alten Schürze empfangen. Die alte Frau brachte die Männer schnell die Treppe zu ihrer bescheidenen Unterkunft hoch. Graham blickte vom Reisen ermüdet auf die Wände und dachte an Stratford. „War es möglich?!", überlegte er. Er fragte die Bardame, ob dies tatsächlich die Herberge in Stratford war. Sie nickte lautlos. „Kann es sein, dass Sie die Frau des Gastwirtes sind?", wollte Graham wissen. „Hier gibt's keine Wirtsfrau!", bellte sie. Diese Worte ließen seinen Körper kribbeln und sein Herz begann zu pochen. Es war nicht die Theaterwelt, nach der er sich sehnte, sondern die Liebe des fröhlichen, alten Gastwirtes, der ihm das

Selbstbewusstsein gab, das er benötigte. Graham wusste nun, warum ihn der Gastwirt „seine schöne Magd" genannt hatte.

Collins, der Mime, näherte sich den müden Gästen und sagte, dass es keine Zeit zu vergeuden gab. Sie mussten ein Stück vorführen. Als die Komödianten langsam die Herberge verließen und sich zu Fuß auf den Weg zum Theater machten, blieb Graham zurück. Er legte drei Sechs-Pence-Stücke in die Handfläche der Barfrau und bat die Frau, dem Gastwirt eine Nachricht zu übermitteln. „Sagen Sie ihm, dass er zur heutigen Vorstellung von seiner schönen Magd eingeladen wird. Fragen Sie ihn, ob er immer noch ein Plätzchen am Herd für sie hat", sagte Graham. Ohne den Scherz zu verstehen, wiederholte die Barfrau den genauen Wortlaut gegenüber dem Gastwirt.

Da er dachte, dass sein geliebter Gastwirt sich irgendwo im Publikum aufhielt, gab der verzauberte Graham die beste Darbietung der Magd aller Zeiten. Der Schlussakt endete mit stehenden Ovationen. Graham machte vier Verbeugungen und ließ die letzte aus. Als er sich nach seiner vierten Verbeugung aufrichten wollte, bemerkte er die Barfrau hinter einem der Vorhänge. Sie wiederholte die Antwort des Gastwirts im gleichen Wortlaut: „Er freut sich, über den großen Erfolg seiner schönen Magd zu hören, doch er (der Gastwirt) ist nun ein alter hässlicher Mann und es ist Eitelkeit, die ihn von seiner geliebten Magd fernhält. Er richtet seine wärmsten Grüße aus."

Als er diese reizenden Worte hörte, zog Graham seine Perücke vom Kopf und begann zu weinen. Er saß neben der Barfrau und weinte für eine ganze Weile. Als er sich wieder fasste, stellte er fest, dass der Trupp sich bereits auf den Rückweg zur Herberge gemacht hatte. Die Bühne war leer.

Graham, noch immer im glanzvollen Kostüm, kehrte gemeinsam mit der Barfrau zur Herberge zurück. Die Mimen waren unruhig und erwarteten ihre Abendmahlzeit. Die Barfrau schenkte der lauten, ungestümen Gruppe schnell Bier aus. „Gastwirt, wo bleibt das Essen? Unser Essen!", riefen sie. Graham hielt nicht an, um die lobenden Bemerkungen seiner Theaterkollegen zu empfangen, sondern marschierte geradewegs zur Speisekammer. Dort fand er den fröhlichen, alten Mann vor, wie er gedankenlos in die Gegend starrte, während der die Abendmahlzeit für die Gäste der Herberge vorbereitete. Das Gesicht des Gastwirts war ausdruckslos, bis er in Grahams Augen blickte. Der Gastwirt lächelte und errötete ein wenig in Verlegenheit. Der Wirt war nun viel älter und fast zahnlos. Er fragte: „Was willst du von einem alten Mann wie mir?" Er sagte dies unter brüllendem Gelächter, welches das altbekannte Kribbeln in Grahams Kopf, Herz und Lenden auslöste. Graham machte seine fünfte und letzte Verbeugung vor dem Gastwirt, nahm ihn in seine Arme und küsste ihn sanft. Weder unterbrach der Wirt Graham, noch hörte er die Rufe der Gäste nach Bedienung im angrenzenden Zimmer. In dieser Nacht wurde den Gästen kein Abendbrot serviert.

Die drei Wünsche - Mexiko

San Blas ist eine Stadt mit knapp 1300 Seelen. Es könnte irgendein beliebiges Dorf sein, denn sein Grundriss ist typisch für Dutzende andere arme Städte im staubigen Staate Sinaloa in Mexiko. Vier Schotterstraßen treffen sich in der Stadtmitte; im Mittelpunkt ein massiver, verschnörkelter Wasserbrunnen, der vor langer Zeit erbaut wurde. Die verfärbte, angeschlagene Marmorstatue „Ángel de Perdido Amor" ist so verwittert, dass sich fast niemand daran erinnert, wofür der traurige Engel einst stand. Sonderbar kühles, klares

Wasser fließt immer noch aus seinen rostigen Eisenrohren in das lagunenartige Becken; reichlich, um alle mit Wasser zu versorgen. Für die Dörfler ist dieses Wasser ein Wunder und ein Beweis dafür, dass Gott sie gesegnet hat. Jedoch besagt eine alte Geschichte, die über die Jahre überliefert wurde, das Gegenteil: Vor über einhundert Jahren kappte ein aufgeweckter Siedler die unterirdische Quelle, die auf diesem trockenen, ausgedörrten Landabschnitt an die Oberfläche sprudelte. Indem er den Brunnen baute, wandelte er sie in eine fortwährende Quelle für reines Trinkwasser für seine Ansiedlung, die eines Tages die

Stadt San Blas wurde. Es wurde gemunkelt, dass der Siedler an dieser Stelle über achtzehn Jahre auf seine Verlobte gewartet hatte, doch sie traf niemals ein. Er gab die Statue in Auftrag und ließ sie aufstellen, während er auf seine verlorene Liebe wartete. Doch nach so vielen Jahren mit gebrochenem Herzen verlor er die Hoffnung und zog nach Südamerika. Den Brunnen ließ er zurück, um den Durst derjenigen zu stillen, die nach ihm kamen. Von ihm wurde nie mehr gehört und niemand erinnert sich an seinen Namen.

Südlich des Brunnens liegt die Kirche von

San Rita de Cascia (Schutzheilige für hoffnungslose Fälle), ihre dicken Lehmziegelmauern in der Sonne backend. Die gebleichten Holztüren zeigen immer noch schwache Markierungen der heiligen Kreuze. Dürre Hühner, abgemagerte Hunde und dreckige Ziegen streifen in der Kirche und im Dorf umher. Im Norden liegt die Dorfkneipe, scheinbar der Kirche gegenübergestellt. Kirche und Kneipe stehen weit voneinander entfernt, doch werden zweimal die Woche vom Dorfmarkt der Bauern vereint. Der Markt verschlingt das gesamte Zentrum mit verbindenden Seilen und Decken, von der Kneipe zur Kirche, die

Stände ausgestattet mit Fleisch, Gemüse und einfachen Haushaltswaren. Westlich des Brunnens befindet sich die Versammlungshalle, wo sich die örtlichen Beamten treffen. Die Versammlungshalle dient zugleich als kleine Schule für vierzig Kinder, die in der Umgebung leben.

Unsere Geschichte beginnt in dieser Schule. Juan-Miguel ist der Spitzensportler in der einklassigen Schule. Er ist der Anführer des dörflichen Fußballteams und dies schon seit einigen Jahren. „Hey, Juan-Miguel!", rufen die Leute voller Stolz, und er winkt ihnen auf der Straße zu. Er ist ihr Stadtheld und insgeheim ein Star für seinen wenig bekannten, schüchternen Bewunderer namens Santiago. Juan-Miguel und seine Teamkameraden laufen stets gemeinsam die ungepflasterten Straßen von San Blas entlang, oft betrunken nach einem siegreichen Spiel. Juan-Miguel befindet sich stets in einer Menge von Bewunderern, wenn die Spieler aus örtlichen Dörfern zurückkehren. Er war und ist der große, reizende Gutaussehende. Neben ihm sehen die Dörfler wie Zwerge aus, was zur Verherrlichung dieses berühmten Idols beiträgt.

Santiagos Dasein ist beinahe das Gegenteil. Er ist bloß ein Junge in einer anonymen Menschenmenge. Er ist clever, höflich und ruhig. Der traurige, junge Mann überragt in keinem Fach in der Schule. Wenn man jemanden aus seiner Klasse, Juan-Miguel miteingeschlossen, fragte, würden sich wenige an ihn erinnern, sogar die Schüler, die direkt neben ihm sitzen. Doch Jahr für Jahr ist es Santiagos einziger Wunsch, auf dem Schulweg an Juan-Miguel vorbeizugehen, der seinen stillen Bewunderer kein einziges Mal wahrnimmt. Er bemerkt nie diesen schattenartigen Mann, der mit Stolz lächelt, wenn jemand Juan-

Miguel zuruft. Santiago wagt sich noch nicht einmal, ihn freundlich zu grüßen, doch er sehnt sich danach, dass Juan-Miguel bloß ein einziges Mal seinen Blick auf ihn richtet.

Juan-Miguel schießt das Siegestor, als er gegen ein benachbartes Dorf spielt, woraufhin die schreienden Zuschauer aufs Spielfeld stürmen. Eine Frau wirft ihm ihr farbenfrohes Kopftuch zu, damit er den Schweiß von seiner Stirn wischen kann. Nachdem er sein Gesicht und Haar abgetrocknet hat, wirft er das triefende Tuch zurück ins Gewimmel, gerade als sie ihn mit siegreichem Jubeln in die Luft heben.

Santiago befindet sich ebenfalls in der Menge und beobachtet diesen kurzen Moment, doch seine Augen folgen dem flatternden, schweißdurchtränkten Tuch. Santiago schießt heimlich zwischen den trampelnden Füßen hindurch, um es zu bergen. Als er es an sein Gesicht drückt, stellt er sich vor, wie er das Tuch eines Tages Juan-Miguel zurückbringt.

Doch all dies war vor drei Jahren und die Schule ist nur noch eine Erinnerung. Dennoch bewahrt Santiago dieses Tuch in seiner Tasche auf und behält es dort bei jedem Kleidungswechsel.

Keiner von Santiagos Schulkameraden hat nach der kleinen Schule eine Weiterbildung vorgenommen. In diesem kleinen Dorf von nur 1300 Einwohnern und ebenso in den benachbarten Dörfern gibt es keine Möglichkeiten zur höheren Ausbildung. Juan-Miguel und die meisten seiner Freunde suchen sich Arbeit bei den örtlichen Fabriken, Baufirmen oder den umliegenden Bauernhöfen. Diese Stellen bringen lange Tage mit sich, sind schwierig und oft gefährlich, aber stellen die einzige Erwerbstätigkeit in dieser Gegend dar. Tatsächlich arbeitet Juan-Miguel für eine

Baufirma, welche die Mehrheit der Männer aus San Blas anstellt.

Santiago arbeitet als Assistenzlehrer für Jungen und Mädchen in derselben Schule, die ihn vergessen hat. Er zieht nach einiger Zeit von seinen Großeltern in eine kleine Ein-Zimmer-Hütte aus Lehmziegeln, die sich in einer Seitengasse auf dem Hügel nahe der Stadtmitte befindet. Es ist ein armer, lauter Stadtteil, aber mehr kann er sich mit dem spärlichen Lohn, den ihm die Schule zahlt, nicht leisten. Die Hütte hat weder laufendes Wasser noch Elektrizität. Sie hat noch nicht einmal eine richtige Tür, aber

Santiago stört dies nicht, denn es ist ein Ort, den er sein Eigen nennen kann. Jeden Abend kurz vor Sonnenuntergang läuft Santiago in Vorbereitung für die Nacht hügelabwärts zum Dorfbrunnen, wo er das Wasser für seine Morgentoilette schöpft. Er geht niemals bei Nacht aus dem Haus, aus Angst vor den dunklen Straßen und nächtlichen Gefahren. Im Kerzenschein liest er vergnügt Bücher, die er von der Schule ausgeliehen hat, solange bis seine Augen zufallen. Dann bläst er die Kerze aus und schläft tief bis zum Morgengrauen.

An Freitagen versammelt sich ein Großteil

der Männer von der Baustelle gewöhnlich in der örtlichen Kneipe, wo sie bis spät in die Nacht trinken. Danach taumeln sie alle mit viel Lärm in den frühen Morgenstunden zu ihren Frauen oder Familien zurück. Einige der Männer gehen sogar ins örtliche Bordell.

An einem Freitag spaziert Santiago vor Einbruch der Dunkelheit zum Brunnen, um das Wasser für den nächsten Morgen zu holen, so wie jeden zweiten Abend. Die meisten Dörfler sind bereits aufgebrochen, als eine arme, alte Frau, die zahnlos und in Lumpen gekleidet ist, Santiago anspricht. „Amigo, ich bin am Verhungern und zu arm, um Essen zu kaufen. Ich brauche Geld, nur

ein paar Münzen, damit ich morgen essen

kann. Hast du etwas übrig?" Santiago hatte

schon immer ein weiches Herz für die Armen

und Alten gehabt. Er ist immer noch recht

arm, doch als er in ihre sanften Augen blickt,

greift er blind in seine Tasche und gibt ihr

sein spärliches Kleingeld. Als er seine Hand

ausstreckt, um ihr sein Kleingeld zu geben,

nimmt sie rasch seine Hand in ihre. Diese

aggressive Geste lässt Santiago

zusammenschrecken, doch er lässt den Griff

zu. Die alte Frau fängt spontan an zu beten.

Sie murmelt: „Gott ist gekommen, um dir

einen Wunsch zu erfüllen, aber du darfst

nicht egoistisch sein. Du musst diesen

Wunsch mit jemandem teilen, damit er wahr

wird." Als sie ihren Griff löst, hastet Santiago

entgeistert davon, sich alldieweil wundernd,

wie seltsam und verrückt dieser Vorfall

gewesen war. Dennoch bereut er nicht, dass

er ihr sein letztes bisschen Kleingeld

gegeben hat.

An diesem einen Freitag kauert Santiago

nahe seiner kleinen Lesekerze auf dem

Tisch, während Gelächter durch die ganze

Stadt schallt. Das Wochenende hat

begonnen und die Menschen sind draußen

unterwegs, feiern und amüsieren sich.

Gegen drei Uhr morgens hat sich der Lärm bis auf den ein oder anderen Schrei gelegt, doch Santiago bemerkt dies nicht. Er ist so sehr ins Lesen vertieft, dass er das Zeitgefühl verliert. Nach kurzer Zeit werden seine Augen müde und er bereitet sich für den Schlaf vor. Als er seine Taschen beim Ausziehen leert, stellt er schnell fest, dass das Tuch, welches er als Andenken an Juan-Miguel mehr als drei Jahre lang aufbewahrt hatte, fehlt. Er schreit: „Oh, bitte, Gott, nein!" Doch dann erinnert er sich daran, wie er in seine Tasche gegriffen hatte, als er beim Brunnen stand, um der alten Dame zu helfen. Es war dabei vermutlich herausgefallen.

Ängstlich und nervös wagt er sich in die
dunkle Nacht und macht sich auf den Weg
zum Brunnen. Seine Lesekerze als
Lichtquelle nutzend, sucht Santiago den
Umkreis des Brunnens ab, bis er das
beschmutzte Tuch, das ihm so lieb ist, findet.
Als er sich umdreht, sieht er einen
betrunkenen Mann, der den Hügel
hinabläuft, stolpert und sich den Kopf an
einer niedrigen Steinmauer aufschlägt.
Santiago rennt zum blutenden Mann. In
seiner Hand hält er das dreckige Tuch und
seine flackernde Kerze. Er stellt die Kerze

auf die Mauer und rennt zum Brunnen

zurück, um das Tuch zu waschen, damit er

die blutende Kopfwunde des Mannes

säubern kann. Ángel de Perdido Amor blickt

still auf ihn herab.

Als er das Blut aus dem Gesicht des Mannes

wischt, erkennt er, dass es sich um seinen

geliebten Juan-Miguel handelt. Juan-Miguel

ist so gut wie bewusstlos und Santiago

braucht all seine Kraft, um ihn auf seine

Beine zu stellen. Die Beiden schaffen es

unbeholfen zu Santiagos Wohnung zurück.

Santiago entkleidet Juan-Miguel vorsichtig

und legt ihn langsam auf sein Bett. Juan-

Miguel zittert vor kaltem Schweiß, doch wird

von dem liebevollen Santiago gepflegt,

dessen Flüstern zu sanft ist, um von dem

verwirrten, jungen Mann wahrgenommen zu

werden. Als Santiagos Hände in der

Dunkelheit Juan-Miguels heiße Haut

streicheln, reagiert er mit Stöhnen und zieht

Santiago an sich heran. Sie lieben sich, bis

sie erschöpft in den Armen des Anderen

einschlafen.

Juan-Miguel erwacht zum Lärm des Windes,

der gegen den flatternden Vorhang bläst,

welcher den Eingang zu Santiagos Zimmer

verdeckt. Lichtstrahlen blenden seine Augen

und erleuchten nur einen Teil der Ein-

Zimmer-Wohnung. Er entdeckt Spuren

seines getrockneten Samens neben einem

Fremden. Seine Kleidung liegt im ganzen

Raum verstreut. Sein Kopf schmerzt vom

Kater. Er ist plötzlich entsetzt über sein

Handeln und fühlt sich schlecht. Er sammelt

seine Habseligkeiten und kleidet sich schnell

an. Bevor er das Zimmer verlässt, beäugt er

vorsichtig den schlafenden Mann, der neben

ihm gelegen hatte. Santiago kommt ihm

bekannt vor, doch er erscheint sehr

zerbrechlich und schwach in Juan-Miguels

Augen.

In den späten Morgenstunden erwacht Santiago allein in seiner Wohnung. Er fragt sich, ob die Ereignisse der letzten Nacht bloß eine weitere seiner Fantasien waren. Dann entdeckt er das blutige Tuch auf dem Tisch. Die Wahrheit trifft in wie ein Blitz, doch er ist immer noch allein. Sein Körper schmerzt noch von den Eskapaden der letzten Nacht, als er beschließt, seinen morgendlichen Einkauf auf dem Bauernmarkt vorzunehmen. Er führt seinen Tag fort, als hätte sich nichts geändert.

Schwörend, dass er sich nie wieder der Gasse nähern würde, eilt Juan-Miguel nach

Hause. Er betritt seine Wohnung, wo er von den Geräuschen und Düften der Kochkünste seiner Mutter willkommen geheißen wird. Sie schimpft ihn wegen seines langen Feierns aus und wirft ihre Hände in die Luft, als wüsste sie nicht, was zu tun. „Ich habe mit Dona Linda gesprochen. Du weißt doch, dass ihre Tochter immer noch das wunderschönste Mädchen im Dorf ist und mir ein schönes Enkelkind gebären würde", sagt sie auf Spanisch. Danach nörgelt sie: „Geh und bring ihr den Korb voller Früchte, den ich auf dem Markt gekauft habe."

Juan-Miguel respektiert seine Mutter, aber

ignoriert ihre Bitten, als er sich an ihr

vorbeischiebt, um ins Badezimmer zu gehen.

Sein Kopf schmerzt nach wie vor, und er will

den Schmutz und seine Sünden der letzten

Nacht von sich abwaschen. Er spürt die

Wunde an seinem Kopf, die er sich bei

seinem Fall in der letzten Nacht zugezogen

hat. Er grübelt über das bekannte Gesicht

und denkt an den Mann, den er im Bett

gesehen hat, doch versucht ihn schnell zu

vergessen. Juan-Miguel setzt ein

freundliches Gesicht für seine Mutter und

Schwester auf, während sie das Frühstück

aus Eiern und Früchten zu sich nehmen. Sie

können sich das Chaos, das seinen Magen

umdreht, nicht vorstellen. Er isst

schweigend.

Juan-Miguels Mutter ist eine herrschsüchtige

Persönlichkeit. Obwohl sie von kleiner Statur

ist, übt sie unermessliche Macht über ihre

beiden Kinder aus. Heute will sie, dass Juan-

Miguel Dona Lindas Tochter Isabella

besucht, ihr den Fruchtkorb bringt, bei

anfallenden Reparaturen hilft und sich eine

Weile bei ihnen aufhält. Er hasst diese

Aufforderung, doch erweist ihr widerstrebend

den Gefallen, nur um dem unnachgiebigen

Genörgel seiner Mutter zu entkommen.

Dona Lindas Ehemann war auf der Baustelle ums Leben gekommen, als er dieselbe Art von Arbeit verrichtete wie Juan-Miguel. Es ist schwer für eine Witwe, ein Kind alleine großzuziehen, und Juan-Miguel hat Mitleid mit ihr. Sie sind genauso arm und bedürftig wie jeder andere, doch Dona Linda hat Isabella, die schönste Tochter der Stadt. Beide Mütter meinen, dass ihre gutaussehenden, beliebten Kinder gut zueinander passen und somit ein Paar sein sollten, aber die Kinder haben ihre eigenen Gründe, warum sie diese Ehe nicht wünschen.

Juan-Miguel erscheint respektvoll vor Dona Lindas Tür. Sie reagiert überrascht, doch weiß, dass es geplant war: sie hat sogar Essen für ihn vorbereitet. Dona Linda nimmt die Einkäufe, die Juan-Miguel von zu Hause mitgebracht hat, und überreicht ihm eine Liste mit Dingen, die im Haus repariert werden müssen. Isabella befindet sich in ihrem Schlafzimmer, als sie ihn kommen hört, und entscheidet, sich dort noch ein Weilchen länger aufzuhalten. Dona Linda ärgert sich darüber, dass Isabella ihn nicht begrüßt. Sie verkündet laut: „Ich habe vergessen, Fleisch vom Metzger zu holen und gehe nun sofort los." Beide Kinder

wissen, dass sie lügt, denn sie sind zu arm,
um sich solch eine Luxusware wie frisches
Fleisch leisten zu können. Juan-Miguel
unterdrückt ein Lächeln, doch Isabella
schmunzelt hinter ihrer Schlafzimmertür.

Nachdem sie gehört hat, wie ihre Mutter die
Eingangstür zuschlägt, verlässt Isabella ihr
Zimmer und wird von Juan-Miguel begrüßt.
Sie fühlen sich beide verlegen in der
Gesellschaft des anderen. Als sich Juan-
Miguel an das Reparieren macht, folgt ihm
Isabella von Raum zu Raum, als ob sie das
Eis brechen will. Schließlich meint sie: „Ich
möchte dir etwas sagen." Sie dreht sich um,

als ob sie Tränen verstecken will. Juan-

Miguel hält überrascht von dieser Geste inne

und nähert sich ihr. „Meine Mutter weiß es

noch nicht, aber ich werde sterben. Ich habe

Krebs." Mit diesen Worten bricht sie

zusammen und weint. Er nimmt sie in seine

Arme und hält sie fest. Isabella begrüßt

seine Umarmung. Sie wendet sich ihm zu

und fleht: „Juan-Miguel, ich habe bloß einen

Wunsch."

Juan-Miguel kann seine Gedanken an

Santiago nicht aus dem Kopf bekommen.

Am nächsten Tag bringt er seine Mutter zu

San Rita de Cascia, wo sein Großvater, sein

Vater und er selbst getauft wurden. Juan-

Miguel und seine Schwester sitzen brav bei

ihrer Mutter. Isabella und ihre Mutter Dona

Linda sitzen hinter ihnen. Er kniet auf dem

Holzboden und betet für das Ende seines

Gefühlschaos. Der katholische Gottesdienst

ist simpel. Schöne Musik wird auf *guitarras*

gespielt. Nach der Kirche laufen die Familien

zum Markt, damit die Mütter die

Sonntagsmahlzeit vorbereiten können. Juan-

Miguels Mutter ist gerade aus der Kirche

zurückgekehrt und ist nun bereit, zum Markt

zu gehen, wie sie es stets tut. Juan-Miguel

begleitet sie, jedoch lediglich, um die

Taschen zu tragen. Normalerweise würde er

die einheimischen Männer besuchen und über Sport reden. Heute jedoch sieht er aus dem Augenwinkel den Mann, mit dem er vor zwei Nächten geschlafen hat. Juan-Miguel stellt sich beiläufig hinter eine Gruppe von Männern, damit er nicht auffällt, während er den Mann aus der Ferne beobachtet.

Santiago ist sich seinem Beobachter nicht bewusst und erledigt eifrig seine Tageseinkäufe. Er pfeift ein fröhliches Lied, während er mit den Verkäufern um den besten Preis feilscht.

Bei Nacht liegt Santiago auf seinem Bett und träumt noch immer von dieser einen Nacht.

Er fragt sich, wohin Juan-Miguel

verschwunden war oder ob er ihn jemals

wiedersehen würde. Leise fragt er in die

Nacht hinein: „Wo bist du, Juan-Miguel?

Denkst du an mich? Bist du so glücklich wie

ich?" Einige Tage vergehen, bis Santiago

sich wieder an seine Routine gewöhnt, zur

Schule zu gehen und nach Hause zu laufen,

mit dem gelegentlichen Spaziergang zum

Markt oder der Kirche. Der Abstecher zum

Brunnen in der Dorfmitte gehört immer noch

zu seinem abendlichen Ritual, und er

beobachtet die vier Straßen sorgfältig nach

Zeichen von Juan-Miguel. Doch er erscheint

nie wieder.

Einmal die Woche besucht Santiago seine Schwester in ihrem Haus, das zwei Dörfer entfernt im Ort El Fuente liegt. Ihre Eltern waren verstorben, als die Kinder noch zur Schule gingen, und ihre Großeltern mütterlicherseits hatten sie aufgenommen. Die Großeltern sind liebenswürdig, doch sehr arm, so dass sie nur wenig Essen für die beiden Kinder übrig haben. Santiago und seine ältere Schwester Clara schlafen Seite an Seite auf Strohpaletten auf dem Boden, wo sie zufällig mitbekommen, wie die kränklichen Großeltern das Thema Waisenhaus besprechen. Sie wissen, dass sie nicht lange bleiben können. Dies führt dazu, dass Santiagos Schwester im zarten Alter von fünfzehn Jahren heiratet und die Schule nicht beendet. Sie heiratet einen dicken Metzger namens Ramon, der dreizehn Jahre älter ist, doch dies stört sie nicht. Er zeigt sich als guter Versorger, und das ist Clara wichtig. Sie geht immer sicher, dass sie einige gute Stücke Rindfleisch oder Hühnchen für ihren geliebten Bruder parat hat, der sie jeden Donnerstag besucht.

Santiago hat ein schlechtes Gewissen, dass seine Schwester solch einen dicken, alten Mann heiraten musste, um zu vermeiden, auf der Straße zu landen. Sie waren zu alt, um in einem Waisenhaus zu leben. Sie erzählt ihm nie davon, wie glücklich sie ist, verheiratet zu sein. Sie erzählt ihm nie davon, wie sehr sich danach sehnt, ein Kind großzuziehen. Sie tauschen nur wenige Worte aus; dennoch ist die Stille nicht peinlich, sie ist angenehm. Er kommt donnerstags zum Mittagessen vorbei und isst im Stillschweigen. Nach dem Essen packt sie ihm etwas Verpflegung ein und umarmt ihn zum Abschied. Sie sind mit ihrem Leben zufrieden und beschweren sich selten.

In der Nacht nach dem Besuch bei Clara wecken ihn seltsame Geräusche an seiner Tür. Einen Einbrecher fürchtend, ist Santiago überrascht, als er Juan-Miguel sieht. Er trägt Holzbretter in seinen Händen und hat seinen Werkzeuggürtel von der Arbeit dabei. Er begrüßt Santiago mit wenigen Worten und beginnt seine Arbeit an einer Tür, die Santiago vor der Außenwelt schützen wird.

Santiago bereitet geschwind etwas Essen vor und bietet es Juan-Miguel an, doch er lehnt die Nahrung ab. Er begnügt sich mit einem Glass Wasser. Santiago beobachtet seinen Angebeteten, wie er unermüdlich an der Tür arbeitet, seine Muskeln klar definiert

im Schimmer seines Schweißes, als er das

Holz schneidet und perfekt anpasst.

Santiago ist derart glücklich, dass er zu

träumen glaubt. Schließlich schließt Juan-

Miguel die Tür mit einem lauten Klacken.

Santiago nähert sich Juan-Miguel, um ihn in

Dankbarkeit zu umarmen, doch er wird

weggedrückt. Verdutzt geht er erneut auf

Juan-Miguel zu und wird zu Boden

geschlagen. Weinend berührt er Juan-

Miguels Hand und bittet ihn zu bleiben.

Juan-Miguel sitzt auf dem Bett und denkt

angestrengt nach. Sein stärkster Instinkt

sagt ihm zu gehen, doch sein irrationales

Verlangen lässt ihn innehalten. Durch seine

Entscheidung zu bleiben stellt er fest, dass

er Santiago sehr gern hat. Er wendet sich

ihm zu, und sie umarmen sich.

In den Morgenstunden, als sich Juan-Miguel

vorbereitet zu gehen, bittet ihn ein schläfriger

Santiago das Undenkbare: „Können wir

irgendwo unser Leben gemeinsam

verbringen, Juan-Miguel? Das ist mein

einziger Wunsch." Santiago schaut ihn mit

flehenden Augen an.

„Das ist unmöglich, Santiago", unterbricht ihn

Juan-Miguel. „Mein Wunsch ist es, eine Familie zu gründen. Es tut mir leid."

Juan-Miguel denkt den ganzen Tag über an Santiago, als er auf der Arbeit ist. Seine Schuldgefühle für diesen Mann überschatten in kurzer Zeit seine Pflichten auf der Arbeit. Am Ende des Tages ist er ein müdes, emotionales Wrack. Er trifft seine Mutter zu Hause an und bittet sie, ihre gute Freundin Dona Linda und deren Tochter zum Abendessen einzuladen, damit er eine Ankündigung machen kann.

Santiago erfährt nichts von der Heirat.

Stattdessen liest er darüber in der örtlichen Zeitung. Seine Gefühle sind so überwältigend, dass seine Sicht verschwimmt, als er die Schlagzeile liest: „Juan-Miguel Hernandez wird Isabella Echaniz heiraten." Santiago entdeckt die Zeitung an einem Stand neben den anderen Zeitschriften, die der Verkäufer anbietet. Er kauft eine Ausgabe und stolpert fassungslos nach Hause.

Santiago weint sich jede Nacht in den Schlaf, bis zum Tage der Hochzeit. Die Hochzeit ist solch ein aufregendes und hoffnungsvolles Dorfereignis, dass sich die ganze Stadt freinimmt, um anwesend zu sein. Sogar Santiago schlüpft leise in die überfüllte San Rita de Cascia, wo nur noch Stehplätze verfügbar sind.

Er beobachtet, wie Juan-Miguel Isabella liebevoll sein Gelöbnis vorträgt. Isabella sieht so atemberaubend schön aus, dass kein Mann, keine Frau oder Kinder ihre Augen von ihr nehmen können. Die Stadtbewohner feiern das gesegnete Ereignis die ganze Nacht hindurch, trinkend, Musik spielend und tanzend. Alle sind glücklich. Santiago hört der Musik still zu, als er ganz allein in seinem Bett im dunklen

Zimmer liegt. Er sinkt langsam in den Schlaf, bis plötzlich seine neu eingebaute Tür aufschwingt und er einen betrunkenen Juan-Miguel in der Türschwelle erblickt.

Anstatt ihn zu umarmen, schlägt Santiago ihn mit all seiner Kraft, seine Hände auf Juan-Miguels Brust hämmernd. Juan-Miguel ist so betrunken, dass er das Gleichgewicht verliert und sie ineinander verschlungen zu Boden fallen. Nach einiger Zeit schlafen sie ein, die Arme und Beine umeinander geschlungen. Als die Sonne den Horizont überblickt, erwacht Santiago mit einer schwachen Erinnerung an die letzte Nacht.

Santiago strengt sich an, seiner

Arbeitsroutine zu folgen, doch er bleibt

erfolglos. Juan-Miguel hat sein geschütztes,

eintöniges Leben ruiniert, das er zuvor

gehabt hatte. Santiago kämpft nun, aus dem

Bett zu steigen. Er sucht verzweifelt nach ein

paar feinen Haaren auf dem Laken, die

Juan-Miguel verloren hat. Manchmal steht er

bloß auf, um Wasser zu trinken oder in der

Gasse vor seiner Wohnung zu urinieren. Die

Tage kommen und gehen, und das

Kerzenwachs bedeckt schon bald seinen

Tisch. Als er es nicht mehr aushält, fleht er

seine Schwester an, dass ihr Mann ihn

anstellt.

Santiagos Schwager gibt Claras Bitten schließlich nach. Da sie immer noch kinderlos sind, haben sie ein zusätzliches Zimmer für ihren Bruder parat, solange bis ein Säugling geboren wird. Santiago packt seine wenigen Habseligkeiten ein und zieht bei seiner Schwester und seinem Schwager in El Fuente ein.

Zwei Jahre vergehen nach Santiagos Wegzug aus seinem Kindheitsdorf, wo er all seine Schmerzen zurückließ. Es ist Heiligabend, und Santiago und Clara besuchen den Gottesdienst. Bei ihrer Heimkehr finden sie das Haus komplett beleuchtet vor. Clara fürchtet, dass ihrem Ehemann etwas zugestoßen ist, und eilt in Panik ins Haus. Doch sie sind schockiert und zugleich überrascht, als sie entdecken, wie Juan-Miguel und ihr Mann Ramon am Küchentisch sitzen und sich unterhalten. Als Juan-Miguel sich umdreht, um sie zu begrüßen, sehen sie, dass er einen Säugling in seinen Armen hält. Nach einigen höflichen Floskeln überreicht Juan-Miguel der erstaunten Clara das Baby. Danach winkt er Santiago in ein anderes Zimmer.

„Santiago, ich bin gekommen, um dich zu holen. Du kommst mit mir nach Hause. Meine Frau ist verstorben. Sie hatte Krebs, noch bevor ich sie geheiratet habe, und es wurde erwartet, dass sie bald sterben würde. Es war ihr einziger Wunsch, dass wir ein Kind – ihr Vermächtnis – in diese Welt bringen, bevor sie stirbt. Ich habe mein Versprechen erfüllt und bin nun frei. Dein Schwager Ramon hat sich bereiterklärt, das Kind mit deiner Schwester als ihr eigenes großzuziehen."

Alle schweigen, als Santiago seine Sachen packt, um Claras und Ramons Haus zu verlassen. Freudentränen füllen die Augen

seiner Schwester. Sie umarmt ihn in

Dankbarkeit und wünscht ihm alles Gute. Als

Santiago und Juan-Miguel Arm in Arm die

staubige Schotterstraße entlang laufen,

hören sie ein Rascheln in der Luft hinter

ihnen. Sie drehen sich um, doch sie können

nichts außer dem klaren, blauen Himmel

erkennen. Juan-Miguel zuckt lachend mit

den Schultern und sagt: „Das muss ein

Engel gewesen sein."

Santiago blickt auf und flüstert: „Vielen

Dank."

Der Hof – Frankreich

Im Königreich Cobolt lebte ein recht
verwöhnter Prinz. Der Prinz war ein
gutaussehender Mann mit viel Stärke und
Verstand. Er war ein Charmeur und alle, die
ihn kannten, wurden von seinem
exzentrischen Auftreten überwältigt. Man
sagte insgeheim, dass er an keinem Spiegel
vorbeigehen konnte, ohne einen Blick auf
seine Schönheit zu erhaschen.

Der Prinz bat Clovis, den Sohn des
königlichen Konditors, um anstößige

Gefallen. Clovis kam allen Annäherungsversuchen des närrischen Prinzen nach, und somit löste er viele Gerüchte im königlichen Hof aus. Der Prinz rief Clovis Tag und Nacht zu sich, zum Entsetzen des Konditors.

Der Hof hatte ebenfalls einen offiziellen königlichen Boten namens Bartoner. Er war der Sohn eines örtlichen Farmers vom Lande. Eines Tages musste er länger bleiben, da sich die Hofversammlung in die Länge zog. Es war weit nach Mitternacht, als er die Berichte über die Ernte und ihren Fortschritt vortragen konnte. Er war so müde, dass er wusste, er würde es in dieser

Nacht nicht mehr zum Bauernhof

zurückschaffen. Er entschloss sich, heimlich

in den königlichen Ställen zu übernachten.

Er wurde von Geräuschen im Stall geweckt.

Als er sich umdrehte, sah er aus erster

Hand, wie Clovis dem Prinzen einen

Liebesdienst erfüllte. Als der Prinz fortging,

um sich zu erleichtern, nahm Bartoner es auf

sich, Clovis zu warnen.

„Ich habe dein Handeln schon früher

gesehen", sagte Bartoner. „Die Feldarbeiter

ergehen sich in deiner Lust." Clovis war

wütend über solch ein Ausspionieren – und

das auch noch von solch einem Bürgerlichen

wie Bartoner, dem Landarbeiter. „Was fällt

dir ein mich anzusprechen!", sagte Clovis.

„Morgen werde ich den Prinz darum bitten,

dich auspeitschen zu lassen."

„Bete um Erbarmen, Clovis! Ich komme nur,

um dir zu verkünden, dass der Prinz heiraten

wird. Ich habe heute davon gehört."

„Unsinn!", sagte Clovis, als er aus dem Stall

stürmte.

Am nächsten Tag wurde jedoch ein großes

Fest anlässlich der Brautwerbung des Prinzen angekündigt. Gleichzeitig wurde Clovis von der königlichen Führerschaft bis nach der Hochzeit in die Küche verbannt.

Während des königlichen Empfangs verlangte der Prinz nach Himbeertorten aus der Küche. Ihm wurde berichtet, dass keine Himbeeren erhältlich waren. Der Prinz nutzte diese Nachricht, um den armen Clovis in der Öffentlichkeit zu verprügeln, weil er unfähig war, in der Küche zu arbeiten. Clovis war darüber entrüstet, und von diesem Augenblick an hatte er nur noch Hass für den Prinzen übrig. Frustriert und gedemütigt rannte Clovis zu den Ställen und weinte.

Bartoner war auf dem Rückweg vom
königlichen Hof, als er Clovis in den Ställen
weinen hörte. Er fragte ihn, was geschehen
war. Clovis erklärte ihm alles und gab zu,
dass Bartoner Recht mit dem Prinzen gehabt
hatte. Bartoner sagte Clovis, dass er sich
keine Sorgen machen und stattdessen in die
Stadt gehen sollte, um frische Beerentorten
von einem Koch des Klosters backen zu
lassen. Als dem Prinzen die Torten
überreicht wurden, beschuldigte er Clovis,
sie gestohlen zu haben. Allerdings war
diesmal Bartoner anwesend und stellte sich

vor den Prinzen: „Ich bin derjenige, der die Torten gebracht hat, und somit sollte ich bestraft werden."

„Sehr wohl", sagte der Prinz.

Bartoner wurde als Schurke beschimpft und seinen Pflichten enthoben. Er sammelte seine Habseligkeiten vom Bauernhof, auf dem er wohnte, doch hatte nirgends zu gehen.

Clovis war so dankbar, dass sein Herz sein Schamgefühl erkannte. Daher bat er Bartoner, bei sich und seinem Vater als

Lehrling in der Speisekammer zu arbeiten.

Bartoner war damit einverstanden, das

Metier gemeinsam zu erlernen, und alle

waren glücklich – mit Ausnahme des

Prinzen.

Als der Prinz seine zukünftige Braut

empfang, wurde ihm bewusst, dass er sie

nicht lieben konnte, denn sein Herz

verlangte nach Clovis. Jahre später, nach

dem Tode des Königs, zitierte er Clovis zu

einem Ort in seinem Hofe herbei. Clovis,

dessen Vater ebenfalls verstorben war, war

nun gemeinsam mit seiner wahren Liebe,

Bartoner, Konditor. Clovis wies den neuen

König ab, um an Bartoners Seite zu bleiben,

was den König ein Leben lang zutiefst

unglücklich stimmte.

Und aus diesem Grund gibt es im

Englischen das Wort „Bartoner" – jemand,

der sich um den Hof („barton") kümmert.

Fallerons und Ibsens Liebe – Griechenland

(während der römischen Ära)

Falleron stammte aus einem Bauerndorf in

Zentralgriechenland. Es lag ländlich und die

Leute waren schlicht. Als Kind war er

glücklich und frei. Seine langen, lockigen

Haare hoben sich von seinem maskulinen

Auftreten ab, was ihm einen engelsgleichen

Reiz verlieh. Falleron war schlagfertig, agil

und launisch, obwohl er bei Kindern seines

Alters beliebt war. Er war sehr wählerisch,

mit welchen Kindern er spielte. Nur aufgrund

reiner Langeweile tolerierte er Ibsen, den

Jungen eines Nachbarn. Ibsens Merkmale

standen Fallerons gegenüber: Ibsen war

sehr groß, stark, begriffsstutzig und fröhlich.

Ibsen sah in Falleron ein junges Genie und

folgte ihm überall hin. Ibsen erkannte, dass

es ihm schwer fiel, eine Fertigkeit zu

erlernen. „Falleron, du fauler Sohn mit

großen Träumen, du musst lernen, mit mir

auf dem Bauernhof zu arbeiten", sagte

Fallerons Vater häufig, während er Falleron

ausschimpfte, da dieser sich weigerte, ihm

zu helfen. Falleron, so scharfsinnig wie er

war, überzeugte Ibsen davon, seinem Vater

im Austausch für seine Freundschaft zu

helfen. Ibsen fügte sich, und alle waren

glücklich.

Falleron und Ibsen teilten alles gemeinsam.

Sie beobachteten, wie die römische Armee

auf dem Weg zum Kampf durch ihr Dorf zog.

Falleron und Ibsen schlichen in ein

Armeezelt, versteckten sich hinter Kisten

und beobachteten ihre prächtigen

Zeremonien. Sie blieben stundenlang, weil

Falleron darauf bestand. Er war von allem

hingerlssen. Vielleicht blieben sie etwas zu

lange, denn als die Nacht voranschritt, floss

der Alkohol in Strömen, und die

genusssüchtigen Fremden begannen eine

Orgie. Ibsen und Falleron waren von solch

spielerischem Vergnügen keinesfalls

ahnungslos, doch es war beeindruckend,

dies in solch einem großen Umfang zu

sehen.

„Falleron, was hast du vor?", sagte Ibsen, als

er sah, wie Falleron aus dem Schatten in die

lüsterne Menge hervortrat. Falleron spazierte

zwischen den ineinander verschlungenen

Körpern umher, bis ein molliger, kahl

werdender, nackter Mann seine Hand griff

und ihn in die Orgie führte. Falleron wurde

entkleidet und von Allen um ihn herum

verschlungen. Ibsen sah entsetzt zu. Es war

weit nach Morgengrauen, als Falleron zu

dem geduldig wartenden Ibsen zurückkehrte.

Falleron war nie wieder derselbe. Der

Geschmack adliger Vergnügen war nun

Fallerons Verlangen, das an ihm nagte.

Noch Monate danach behandelte Falleron

Ibsen schlecht. Er war sogar herablassend

zu dem armen, treuen, dummen Ibsen. Er

zog Ibsen wegen seines Stotterns auf und

stellte oft Fragen, die ihn verwirrten. Es

verletzte Ibsen, dennoch blieb er ihm treu. In

Ibsens Augen war Falleron reine Schönheit

und Intelligenz – er war alles, was Ibsen

nicht war. Obwohl Ibsen während der

Pubertät schnell seine eigene männliche Schönheit entwickelte, wurde diese häufig von seiner fehlenden Intelligenz überschattet. Ibsen wandte sich an Falleron, um alle Schwierigkeiten zu lösen, die seinen Weg kreuzten, obwohl die Lösungen für jeden Anderen einfach gewesen wären. Falleron wurde seiner Verantwortung überdrüssig und brüllte Ibsen an, weil er so dumm war.

Als er 16 Jahre alt war, hatte sich Ibsen zu einem beeindruckenden, kantigen Adonis entwickelt. Er war der größte und stärkste Mann im Dorf. Fallerons Schönheit, obgleich beeindruckend, verblasste im Vergleich zu Ibsens.

Das griechische Dorfleben langweilte Falleron. Er wollte die Vorstellung von sich als griechischen Bauernsohn abschütteln und widmete sich alsbald dem Lernen, damit er an der Universität in Rom angenommen werden würde. Da er aus einer armen Familie stammte, wusste Falleron, dass er kreativ sein musste, um die benötigten Gelder aufzutreiben. Die Möglichkeit bot sich ihm beim nächsten Besuch der römischen Adligen. Falleron wusste, dass die pädophilen Adligen den Moment im Zelt wiederholen würden, um von der

unschuldigen Jugend zu kosten. Dieses Mal

wurde ihm der Eintritt jedoch von einem

Wächter verwehrt. „Bauernjunge, halt dich

fern", drohte der Wächter mit seinem

Schwert. „Ich bringe bloß eine Nachricht für

deinen Herrn", sagte Falleron, verärgert über

die Verweigerung. Falleron wusste, dass er

die Aufmerksamkeit von jemandem aus dem

Zeltinneren erwecken musste, um den

Wächter zu überstimmen. „Sag ihm, dass ich

ihm einen Mann von großer Ausstattung und

Statur beschaffen kann", rief Falleron in der

Hoffnung, dass ihn drinnen zufällig ein

Hofmann hören würde. Er wurde von dem

richtigen Paar Ohren gehört, jedoch hinter ihm—der Bürgermeister witterte eine Gelegenheit, wenn er sie sah. „Ach ja, Falleron, du willst unseren Gästen Vergnügen bereiten?", sagte der örtliche Bürgermeister. Falleron wusste, dass der Bürgermeister ein gieriger Dieb war, der ihm jede Gelegenheit wegschnappen würde. Er war verzweifelt. „Ja", sagte Falleron. „Ibsen hat viele Überraschungen parat, die, wie ich glaube, die Menge entzücken würde."

„In diesem Fall werde ich hier warten, während du ihn zu mir bringst, und dann gehen wir alle gemeinsam als Gäste hinein.

Doch vergiss nicht, Falleron, du gehörst zu meiner Gesellschaft und musst meinem Beispiel folgen." Falleron eilte zurück und fand Ibsen im Feld vor, wo er arbeitete, so wie Falleron es eigentlich hätte tun sollen. „Komm mit und beeil dich", rief Falleron. Er war bereits über Ibsen verärgert und wusste nicht warum. Ibsen begrüßte ihn mit einem freundlichen Hallo, legte seine Arbeit gehorsam nieder und folgte seinem Gefährten. Als sie ankamen, stellte Falleron Ibsen dem wartenden Bürgermeister vor. „Weiden Sie Ihre Augen hieran", sagte Falleron und riss ohne Vorwarnung Ibsens Lendenschurz weg, um einen großen, schlaffen Penis zu enthüllen, dessen

Proportionen sogar im entspannten Zustand

beträchtlich waren. Ibsen war beschämt und

verwirrt, und griff schnell nach seinem Tuch,

um sich zu bedecken. „Er wird mehr als

ausreichen, Falleron. Gute Arbeit", sagte der

Bürgermeister, als er losging, um sie ins Zelt

zu eskortieren. Ibsen erinnerte sich an ihren

damaligen Ausflug in solch ein Zelt und

weigerte sich zu gehen. Falleron wurde

wütend und schlug Ibsen, bis er anfing zu

weinen. „Du machst, was ich sage, oder

unsere Freundschaft gehört der

Vergangenheit an!", brüllte Falleron. Ibsen

wischte sein Gesicht und, wie immer, fügte

er sich.

Als der Bürgermeister den Adligen angekündigt wurde, stellte sich Ibsen in den Mittelpunkt. „Meine holden römischen Adligen und Staatsmänner, ich bringe Ihnen einen Mann von solch exquisiter Ausstattung, dass Sie denken werden, ich hätte einen Hengst als Menschen verkleidet." Die Menge, einst tobend, schaute den einfachen Bürgermeister verwundert an. Genau in diesem Moment schob Falleron einen schluchzenden Ibsen zum Bürgermeister. „Weiden Sie Ihre Augen und Münder hieran!", sagte der

Bürgermeister. Bei diesem Stichwort zog

Falleron Ibsens Lendenschurz ein weiteres

Mal herunter und enthüllte seine Kostbarkeit.

Die Menge stöhnte und griff unverzüglich

nach Ibsen. Ibsen blieb still. Seine traurigen

Augen waren auf Falleron fixiert, als ob er

sagen wollte „Warum?". Ibsens Penis wurde

durch die Berührungen erregt, doch rein

mechanisch, nicht emotional. Die Menge

geriet in sexuelle Erregung und Ibsen nahm

passiv daran Teil, sogar bis zur Ejakulation.

Ibsen mochte dies nicht und wollte nicht,

dass all dies geschah.

Falleron wurde ebenfalls Teil der Gruppe,

doch mit der klaren Mission, jemanden zu finden, der ihm hilfreich sein würde. In dieser Orgie fand er schließlich einen reichen, alten Kaufmann namens Laudius, der ihn als seinen Liebhaber mit nach Rom nehmen wollte. Unter dem Vorwand zu studieren wurde Falleron in den Besitz des Kaufmannes freigelassen und reiste umgehend nach Rom ab.

Ibsen hatte keine Ahnung von dieser Abmachung, als er Falleron auf einem Wagen entdeckte, der das Dorf verließ. „Falleron! Falleron!", rief Ibsen, den Wagen verfolgend. „Wo gehst du hin?" Falleron blickte zurück und antwortete: „Fort, für immer!" Ibsen versuchte den Wagen einzuholen und schaffte es schließlich, sich an ihm festzuhalten, nur um von Falleron weggestoßen zu werden. „Gehorche mir, Ibsen. Versuche nicht mich zu finden. Leb' dein Leben ausnahmsweise einmal selbst!"

Falls Falleron dachte, dass sein Leben mit seinem neuen Liebhaber Laudius glücklich und vollkommen sein würde, hatte er sich leider geirrt. Laudius war mit einem alten Hausdrachen von einer Frau verheiratet, die Laudius Grund gab für seine häufigen Reisen. Die Villa war viel kleiner, als

Falleron gehofft hatte, doch das größte Problem war die Tatsache, dass Laudius Ehefrau ihr Zuhause mit eiserner Faust regierte. Falleron wurde ins Sklavenquartier verbannt, das niedrigere Standards hatte als sein Zuhause.

Falleron machte das Beste daraus und konzentrierte sich auf sein Studium. Er machte sich schnell einen Namen in der Sporthalle und den Freistunden. Sein Verstand und seine Talente wurden von vielen Gelehrten, Schriftstellern und Philosophen besprochen. Er wurde häufig zu Feiern und Versammlungen eingeladen, und selbstverständlich bezog er Laudius in diese Veranstaltungen mit ein. Er wusste, dass man nicht den Ast absägt, auf dem man sitzt. Falleron hatte den einen entscheidenden Vorteil, dass sich Laudius Ehefrau ihrer mangelnden Schönheit und noch stärker ihrer mangelnden Umgangsformen bewusst war, so dass sie sich niemals aus der Villa wagte, was Laudius den Luxus erlaubte, Falleron mitzunehmen. Falleron und Laudius waren der Stolz von Rom. Falleron wagte sich sogar, seine Scharfsinnigkeit mit solchen Poeten wie Martial und Ovid auf Festveranstaltungen zu messen, zur

Unterhaltung der anderen.

Das Leben wurde idyllisch und traumhaft für Falleron. Liebe und Bewunderung wuchsen zwischen Laudius und Falleron. Einige Jahre später starb Laudius Frau an was wir heutzutage als Bleivergiftung kennen, doch damals war es eine unbekannte Ursache. Gerüchte gingen umher, dass Falleron sie getötet hatte. Falleron scherzte, dass eine Art Gebräu hergestellt wurde, das dazu führte, unattraktive Ehefrauen für den Tod attraktiv zu machen.

Falleron zog alsbald in die Hauptvilla ein und

konnte seine eigenen großzügigen Feiern

veranstalten. Ja, alles lief gut, wenigstens

ein Jahrzehnt lang. Falleron wurde stets im

gleichen Satz mit Laudius erwähnt. Falleron

sah in Laudius, trotz fehlender Schönheit,

welch Freiheit und Erhabenheit er in

Fallerons Leben gebracht hatte. Laudius

wurde als bevorzugter Kaufmann geehrt.

All dies fand ein trauriges Ende, als Laudius

plötzlich verstarb. Falleron fiel in eine

unendlich tiefe, schmerzhafte Trauer, die

beispiellos war. Während Laudius

Beisetzung neben seiner Frau im Tal der

Adligen schallte Fallerons Klagen und

Weinen von der Grabkammer bis in die Stadt. Als die Menge auseinander gegangen und die Totenfeier beendet war, verweilte Falleron untröstlich am Fuße des Grabes. Diener aus der Villa brachten ihm Nahrung, doch Falleron weigerte sich zu essen. Er weigerte sich auch, sich zu waschen, und fiel schließlich in ein tagelanges Delirium. Oben am Tal der Adligen bereiteten die römischen Soldaten Galgen vor, um einige Christen zu hängen. Sie hörten das Klagen unter sich, doch setzten ihre Pflichten fort. Die Christen wurden ohne Zeremonie gehängt. Die Fußsoldaten hatten den Befehl, die Leichname hängen und verrotten zu lassen. Das Gericht wusste, dass seine christlichen Opfer Märtyrer für andere Anhänger werden würden, und aus diesem Grund verweigerten sie den Leichen ein Begräbnis. Soldaten sollten die hängenden Leichname Tag und Nacht vor denjenigen bewachen, die versuchten, die Körper zu bergen und zu bestatten.

Die Wächter wechselten sich ab, und eines Nachts vernahm ein Wächter eine schwache, gespenstische Stimme von unten. Zunächst gelang es dem Wächter, sie zu ignorieren, doch die Stimme kam ihm sehr bekannt vor. Mit einem Auge auf den

Leichnamen kletterte der Wächter die Mauer zum Tal der Adligen herunter, wo er einen halb bewusstlosen, dreckigen Jungen nahe dem Tode entdeckte. Der Wächter putzte den Dreck mit einem Lappen und Spucke ab und erkannte Falleron vor sich. Der Wächter war Ibsen. Ibsen starrte in Fallerons glasige Augen, als er ihm Wein aus seinem Reisesack einschüttete. Die Nacht hindurch brachte er Falleron mit Worten aus ihrer Vergangenheit zur Besinnung. Falleron bat um Essen und Ibsen, gehorsam wie damals, kletterte die hohe Mauer zurück, um Verpflegung zu besorgen.

Er kehrte zurück und fand Falleron erneut

über seine verlorene Liebe klagend vor.

Ibsen fütterte Falleron und hielt ihn bis zum

ersten Tageslicht in seinen Armen. Sie

fühlten eine Verbindung zwischen sich, die

ihnen zuvor in ihrer Jugend entgangen war,

mit ebenbürtigem Respekt und Verständnis.

Ibsen hatte sein ganzes Leben in der Armee

verbracht, ohne sich einen besonderen

Namen zu machen. Er war immer noch recht

naiv, doch er war glücklich.

Als die Zeit verging, versuchten die Christen,

ohne Ibsens Wissen, ihre hängenden Brüder

abzunehmen, doch Falleron bemerkte einen

ihrer Schatten im Sonnenlicht und schrie.

Ibsen kletterte den Hügel hoch, doch es war

zu spät. Einer der drei Leichname war vom

Galgen befreit worden. Ibsen fiel wie ein

Kleinkind zu Boden und weinte, denn er

wusste, dass er hingerichtet werden würde,

sobald sein Ablösesoldat herausfand, dass

Ibsen versagt hatte. Zu seiner Überraschung

fühlte er Fallerons Hand. Ibsen erzählte ihm

von seinem Scheitern und dass er ganz

sicher hingerichtet werden würde. Ibsen

setzte sein Weinen zusammen gekauert auf

dem Boden fort. Falleron setzte sich neben

Ibsen und überlegte eine Minute lang. Ibsen

rief Falleron zu und unterbrach seinen

Gedankengang, was ihn verärgerte. „Was gibt's?" Ibsen sagte: „Falleron, mein ganzes Leben lang habe ich mich dir gefügt, doch meine letzte Bitte ist, dass du dich ausnahmsweise einmal mir fügst." Ibsen bat um einen Kuss. Dieses Anliegen war so aus dem Kontext gegriffen und so kindlich, dass Falleron wusste, dass Ibsens Liebe rein war – nach all diesen Jahren unverändert und unverfälscht. Falleron lehnte ab. Er hatte einen Plan, doch er wusste, dass Ibsen nicht schlau genug war, daran zu denken. Er und Ibsen kletterten den Hang zu Laudius Grabstelle herab. Gemeinsam schoben sie den schweren Grabdeckel zur Seite, um den verwesenden Leichnam von Laudius freizulegen. Sie schleiften den Körper zur Hügelspitze und hängten ihn auf, um den fehlenden christlichen Leichnam zu ersetzen.

Der nächste Wächter bemerkte nichts von diesem Austausch und löste Ibsen von seiner Wache ab. Ibsen folgte Falleron zur Villa zurück. Er war verblüfft von solcher Erhabenheit. Beim Eintreten drehte sich Falleron zu Ibsen und sagte: „Nun, Ibsen, ist dies dein Zuhause, und ich werde dir für immer gehorchen." Falleron tat, wie ihm befohlen wurde und platzierte einen Kuss auf Ibsens Lippen. „Rom löst zu viele schlechte Erinnerungen aus. Ich möchte nach Griechenland zurückkehren", sagte Ibsen. Die beiden machten sich auf den Heimweg nach Griechenland, wo sie bis an ihr Lebensende glücklich zusammenlebten.

Halos goldener Kreis – Judäa (Israel)

Niac stammte in elfter Generation von Abraham ab. Er blickte auf die Erde und die Tiere und sah sie als sein Eigen. Zwei starke Söhne wurden ihm geboren, Halo und Marr. Als diese beiden die Volljährigkeit erreichten, teilte Niac seinen Besitz zwischen den Söhnen auf, und somit lag es nun an ihnen, an Land und Tieren zu arbeiten. Halo erhielt den Ackerboden, um zu pflügen, zu pflanzen und zu ernten, und Marr erhielt die Lasttiere. Die Familie wurde gut ernährt, denn beide Brüder hatten in ihrer Arbeit Erfolg.

Beide Söhne bemühten sich stärker und stärker in ihrer Arbeit, jeder in Anstrengung, das Lob ihres Vaters zu erhalten. Eines Nachts hatten beide Brüder eine Vision. Halo träumte von einem großen Festmahl nach der Herbsternte, auf dem Niac alle dort Versammelten lobte, denn der Ertrag, den Halo eingebracht hatte, war beträchtlich. Marr hatte eine Vision desselben Herbstfestmahls, bis auf die Tatsache, dass Niac Marr lobte und nicht Halo, denn Marr hatte 400 gemästete Kälber und doppelt so viele Lämmer eingebracht. Jeder der Brüder strebte somit danach, mit dem anderen zu wetteifern, damit er den

größeren Ruhm erhalten würde. Es kam
jedoch kein Lob von Niac, und somit setzte
sich der Wettkampf zwischen den Brüdern
fort.

Binnen kurzem fand Marr, dass die
Handhabung seiner Lasttiere weitaus
anstrengender war als Halos Aufgabe, die
Felder zu bewirtschaften. Marr ärgerte sich
über seines Vaters Geschenk und war krank
vor Eifersucht auf Halo. Alsdann umwarb er
die schöne Aliesha in der Hoffnung, dass
ihre Schönheit Niacs Gunst erbringen würde.
Doch es kam immer noch kein Lob von Niac.
Dies stimmte Marr sehr wütend, und in
seinem Zorn zwang er die unschuldige

Aliesha, seine Arbeiten auszuführen und die Lasttiere handzuhaben. Somit basierte diese Ehe auf Verachtung und nicht auf Liebe.

Halo fühlte Traurigkeit in seinem Herzen, als er sah, wie solch ein liebevolles Mädchen so geknechtet wurde, und so brachte er ihr häufig Früchte und Wasser, um sie zu nähren, während sie auf dem trockenen, heißen Weideland schuftete. „Oh Halo", weinte Aliesha. „Du bist so gutmütig und sanft. Ich bin ein Narr. Ich hätte dich anstelle deines Bruders heiraten sollen. Ich weiß, dass eines Tages jemand dein Herz gewinnt, und dieser jemand wird der Glücklichste von allen sein."

Da Halo Aliesha tröstete, wurde Marr nur noch wütender. Marr wollte Halo bestrafen, also spannte er seine Lasttiere ein, nachdem Halo und Aliesha die Felder verlassen hatte. Die Tiere gnadenlos peitschend trieb er sie über Halos Felder, so dass alles zertrampelt und verstreut wurde und Verwüstung zurückblieb. Damit hatte Marr auf grausame Art seines Bruders Ernte zerstört, eine Woche und einen Tag vor dem großen Herbstfest.

Am Abend des Festes präsentierte Marr Niac eintausend frisch geschlachtete Lämmer und fünfhundert gemästete Kälber. Er war sogar noch ertragreicher als in seinem Traum und zuversichtlich, dass er

seines Vaters Lob erhalten würde. Halo

überreichte seinem Vater bloß vier Scheffel

Weizen und zwei Säcke Kartoffeln, mehr

konnte er nicht für das Fest anbieten. Dies

verwirrte seinen Vater und so fragte er Halo:

„Wie kommt es, dass du solch ärmlichen

Ertrag erzielt hast, mein Sohn?"

„Es tut mir leid, lieber Vater", antwortete

Halo. „Meine Felder, wenngleich trocken,

brachten dennoch reichlich an Getreide,

Früchten und Gemüse ein, als siehe da, vor

weniger als zwei Wochen, ich beim ersten

Tageslicht aufstand und entdeckte, dass all

meine Felder von wütenden Hufen

zertrampelt und zerrissen worden waren!" In diesem Augenblick trat Marr dazu, um die Schuldzuweisung für die Felder seines Bruders zu vermeiden. Marr sagte zu seinem Vater: „Halo hätte sich um seine Zäune kümmern sollen, Vater, und sie vor Eindringlingen bewachen sollen, so wie ich es mit meinen Weiden getan habe. Einem Mann fehlt es an Weisheit, wenn er seinen Besitz nicht vor Fremden beschützt." Niac stimmte diesem Rat zu und ließ seinen Sohn Halo ohne weiter nachzufragen mit seinem Pech allein. Danach kündigte Niac an, dass er seinen Sohn Marr für den Ertrag seiner Tiere loben würde. Als er dies hörte, flüchtete Halo zu seinen ruinierten Feldern und weinte bitterlich.

Gott sah Halos Schmerz und sprach durch die Spiegelung in einem Fluss zu der wunderschönen, unschuldigen Aliesha. Als Aliesha am Flussbett saß und ihr Haar wusch, sah sie ihre Spiegelung im Wasser erleuchten. Eine Stimme sprach zu ihr, die sie bat, den bedauernswerten Halo aufzusuchen und ihn zu trösten. Obwohl Aliesha Halo in seinem Elend von ganzem Herzen helfen wollte, hatte sie Angst, dass, falls ihr Ehemann sie entdeckte, er die Situation für beide nur noch schlimmer machen würde. Also fragte sie ihr

Spiegelbild, ob nicht jemand aus dem gesegneten Reich ausgewählt werden könnte, denn sie wusste, dass Halos Schmerz so stark war, dass nur die Musik des Himmels seine weinende Seele heilen konnte. Sie entdeckte sodann einen Engel mit einer großen, goldenen Harfe in der Spiegelung des Wassers. Als sie aufschaute, stieg der Harfenspieler mit durchsichtigen Flügeln hinab und landete vor Aliesha. Da sie wusste, dass sie und Halo eine Verbundenheit verspürten, aber sie nicht zu ihm gehen konnte, rieb sie den Harfenspieler mit ihrem eigenen Parfüm und Blütenblättern ein.

Somit wurde der Harfenspieler nach seiner Enthüllung vor Aliesha und dem Einreiben von Gott losgeschickt, um Halos Schmerzen zu lindern. Als sich der Harfenspieler Halo näherte, begann er zu singen und seine Harfe zu zupfen, wodurch er wunderschöne Musik erzeugte, die Halo faszinierte, so dass er augenblicklich all sein Unglück vergaß. Die Stimme des Harfenspielers übertraf die Musik seiner Harfe und bereitete Halo Freude. Halo verliebte sich sogleich in den Harfenspieler. Aliesha, die das Paar aus der Ferne beobachtete, sah Halos Sorgen aus seinem Gesicht verschwinden, um von Euphorie abgelöst zu werden. Sie selbst war glücklich,

dass ihr Geschenk und jenes von Gottes

Boten so gut empfangen wurden.

Währenddessen hörte Marr von

dem Fest aus Halos freudvolle Stimme, als

er zu dem Harfenspieler sprach, und hörte

leise das Zupfen einer Harfe. Als er das Paar

in Halos Feld antraf, konnte Marr bloß die

Stimme seines Bruders hören, während der

Harfenspieler schwieg. Er näherte sich dem

Harfenspieler in der Hoffnung, zumindest ein

Flüstern zu vernehmen, doch er hörte nichts,

denn die Ohren der Sünder konnten die

spirituellen Worte von Gottes Abgesandten

nicht vernehmen, da ihre Ohren durch das

Sünden taub geworden waren. Ebenso wie

ein Fluss von einer Anhäufung von Holz und

Steinen aufgestaut wird, so blockiert die

Sünde die Ohren der Sünder gegenüber der

allerschönsten Musik.

Nichtsdestotrotz war Marr auf das

Lob des gutaussehenden Harfenspielers

erpicht, immer noch im Glauben, dass Marr

selbst das Lob für seinen Ertrag am

allermeisten verdient hatte. Er stand dort und

kündigte seine Präsenz vor dem

Harfenspieler an, in der Annahme, dass dies

den Harfenspieler bewegen würde, ihn zu

loben. Doch der Harfenspieler blieb stumm

und stellte sogar sein geschicktes Klimpern

auf der Harfe ein. Marr versuchte erneut, des

Harfenspielers Lob zu erbetteln, indem er

seine Errungenschaften und all seinen

Besitz und Überfluss, den er beschaffen

hatte, beschrieb, doch es zeigte keine

Wirkung. Da Marr sich niedergeschlagen

fühlte und über den anonymen Harfenspieler

verärgert war, schwor er vor Gott, seiner

Frau Aleisha und der ganzen Menschheit,

dass, falls der Harfenspieler keine Musik auf

dem Fest seines Vaters spielte, er ihn

persönlich umbringen würde.

Sodann ging Marr auf den

Harfenspieler los, im Versuch, ihn zum Fest

zurück zu drängen, damit er zu Ehren von

Marr spielen konnte. Verzweifelt schrie Halo in Gottes Namen auf und flehte den himmlischen Herrn an, den Harfenspieler zu retten. Gott vernahm seine Schreie und sprach durch einen seiner himmlischen Diener zu Halo. Gott ordnete ihm an, aus seinen Pflanzen und Blumen einen Kranz anzufertigen, und dass dieser vollendete Kranz die Vollendung von Halos Vereinigung mit dem Harfenspieler signalisieren würde. Nachdem er die Pflanzen und Blumen gesammelt hatte, müsste er bloß den Harfenspieler und sich selbst mit dem Kranz umgeben und seinem geliebten Harfenist einen Kuss vor dem Schlafen geben. Mit der

Berührung ihrer Lippen würde Gott ihren Bund besiegeln und ihnen ewigen Schutz versichern.

Als Halo diese Anweisungen erhielt, zögerte er nicht lange mit der Ausführung. Halo wanderte viele Meilen durch seine zertrampelten Felder, um die notwendigen Pflanzen und Blumen zu sammeln. Nach vielen, langen Stunden hatte er genug für einen Kranz gesammelt, der seinen Bund mit dem Harfenspieler kennzeichnen sollte. Danach reiste er zurück zum Fest seines Vaters, welches sich dem Ende näherte. Die Hand des Harfenspielers greifend, führte er ihn zu einer kleinen

Lichtung nahe seinen Feldern, einer kleinen

Stelle gerade eben außer Sichtweite des

Festes. Nachdem er den Harfenspieler und

sich selbst mit dem Kranz umringt hatte,

lagen sie Seite an Seite. Halo war so

erschöpft von seiner Reise zur Sammlung

der Blumen, dass er schnell einschlief und

Gottes letzte Anweisung, den Harfenspieler

zu küssen, vergaß.

Unterdessen wuchs Marrs Zorn.

Wenngleich sein Vater Marr auf dem Fest

mit Lob überhäuft hatte, sagte der

Harfenspieler kein einziges Lobeswort. Und

nun, als sich Marr umschaute, stellte er fest,

dass der Harfenspieler und sein Bruder, über

dessen Niederlage er sich erfreuen wollte, beide abwesend waren. Marr verließ das Fest auf der Suche nach seinem Bruder. Er hatte den Verdacht, dass er den Harfenspieler vom Fest entfernt hatte, um Marr sein Lob vorzuenthalten, da Halo aufgrund seiner Niederlage gehässig war. Marrs Frau Aliesha folgte ihrem Ehemann heimlich, da sie fürchtete, dass er seinem Bruder Schaden zufügen wollte. Binnen kurzem erreichte Marr die kleine Lichtung, wo er Halo und den Harfenspieler vorfand, wie sie in einer festen Umarmung da lagen, von einer wunderschönen Zusammenstellung von Blumen umgeben.

Plötzlich vom Zorn überwältigt, brachte Marr sein Schwert zum Vorschein und tötete Halo und den Harfenspieler an der Stelle, wo sie lagen. In einem letzten Wutausbruch trat Marr beide Körper, bis ihre misshandelten Gestalten außerhalb des goldenen Kreises des Kranzes lagen.

Während sich Marr dem schlummernden Paar genähert hatte, versteckte sich Aleisha hinter einem Baum, von wo aus sie sehen konnte, was geschah. Bevor sie reagieren konnte, hatte ihr Mann das Paar mit seinem mörderischen Schwert attackiert. Marr entfernte sich eilig nach seinem Brudermord, und Aleisha lief zur

Lichtung, wo sie beide Leibe vorsichtig anhob und sanft zurück in den goldenen Kreis legte – dem Symbol ihrer Liebe. Gott sah Halos Unglück, und da er Mitleid mit ihm hatte, hob er beide Körper an und gewährte dem liebenden Paar den heiligen Aufstieg ins Königreich des Himmels.

In der Zeit nach Halos Aufstieg lagen seine Felder brach. Da die Felder keine Nahrung erbrachten, verkümmerten, verhungerten und starben Marrs Tiere bald. Niac sah die Wüste, die sein Anwesen geworden war und fragte die Frau seines Sohnes: „Wo ist Halo?" Aliesha antwortete nicht. Niac blickte sodann aufwärts und fragte Gott, warum sein Land so sehr litt. Gott antwortete ihm nun durch die Stimme seines gesegneten Engels Halo. Halo sagte: „Vater, suche nicht weiter als nach deinem eigenen Sohn." Da Niac erkannte, dass sein geliebter Sohn nicht länger unter den Lebenden war, suchte er ungeduldig nach seinem zweiten Sohn, Marr. Als Niac Marr konfrontierte, appellierte er an seinen zweiten Sohn ihm zu erzählen, was Halo zugestoßen war. Dabei rief er Gott, um Marrs Aussage zu bezeugen.

Mit diesem Bittgebet stieg Halo erneut aus dem Himmel hinab, und Marr beichtete all seine Taten. Aleisha, die sich in der Nähe befand, flehte Niac ebenfalls an, ihr für ihre Sünde zu vergeben, da sie nicht bereit gewesen war, Halo zu helfen, und über seinen Tod geschwiegen hatte. Marr und Aleisha wurden beide von Niacs Anwesen verbannt und gezwungen, in fernen Felder zu arbeiten, die fortwährend brach lagen. Nach dieser Verbannung wurden Marrs Tiere als Bestrafung für die Verwüstung von Halos Feldern Dürren, Krankheiten und dem Hungerstod ausgesetzt.

Und da Halo Gottes letzte Anweisung, seinen Liebhaber vor dem Schlaf zu küssen, vergaß, wurde sichergestellt, dass niemals ein Bund

zwischen zwei Männern auf Erden bestehen

würde. Solche Liebe wurde nur im Himmel

zugelassen.

ÜBER DEN AUTOR:

Robert Joseph Greene ist freiberuflicher

Schriftsteller und Autor. Seine

Kurzgeschichten wurden weltweit in diversen

Online- und Druckwerken veröffentlicht. Er

gibt außerdem Vorlesungen über die

Psychologie der Liebe und menschliche

Erfahrungen.